KB062366

로크미디어가
유혹하는
재미있는 세상

ROK
MEDIA
로크미디어

이것이 법이다

이것이 법이다 67

2019년 7월 18일 초판 1쇄 인쇄
2019년 7월 23일 초판 1쇄 발행

지은이 자카예프
발행인 이종주

총괄 김정수
경영 지원 배진경 임혜솔 송지유

기획 이기헌 왕소현 박경무 이승제
책임 편집 최전경

발행처 (주)로크미디어
출판등록 2003년 3월 24일
주소 서울시 마포구 성암로 330 DMC첨단산업센터 3층 318호, 319호
Tel (02)3273-5135 **편집** 070-7863-8592 **Fax** (02)3273-5134
홈페이지 rokmedia.com **E-mail** rokmedia@empas.com

값 8,000원

ISBN 979-11-354-3706-9 (67권)
ISBN 979-11-255-9575-5 04810 (세트)

이것이 법이다

67

자카예프 장편소설

ROK
MEDIA
로크미디어

CONTENTS

직업이 계급이냐?

　헌법에서는 어떤 이유로도 사람이 차별받지 않는다고 말한다.

　하지만 헌법에서만 그럴 뿐, 현실적으로는 전혀 그렇지 않다.

　물론 현실적으로 그렇지 않다고 해도 절대로 그러면 안 되는 사람들이 있다.

　바로 법관과 검사다.

　그들은 법과 사회를 지키기 위해 뽑힌 사람들이다. 그러니 그 무엇보다 헌법을 지켜야 한다.

　또한 누구도 법 위에 군림하지 못하도록 법을 엄격하고 공평하게 적용해서, 법의 균형과 엄중함을 드러내야 한다.

　하지만 언제나 현실은 시궁창인 법.

"판사가 미쳤네."

노형진이 판결문을 받아 들고 나서 한 첫마디였다.

그걸 넘겨준 무태식 변호사는 열불을 내면서 펄펄 뛰었다.

"그렇죠? 노 변호사님이 보기에도 제정신이 아니죠? 아니, 이게 무슨 개떡 같은 말이랍니까? 말이에요, 방귀예요? 뇌 대신에 우동 사리를 넣어 둔 것도 아니고! 도대체 어떻게 이런 인간이 판사가 된 겁니까? 예?"

무태식 변호사의 말에 옆에 있던 손채림은 고개를 갸웃했다.

"도대체 무슨 일인데?"

"강간범에 대한 소송 결과가 나왔어."

노형진은 손채림에게 보고 있던 판결문을 넘겨줬다.

그걸 받아 든 손채림은 내용을 읽다 말고 자신도 모르게 한쪽 눈썹을 치켜세웠다.

"이게 뭐야? 강간범인데 징역 2년에 집행유예 2년? 합의라도 한 거야?"

"안 했지."

"그런데 고작 이거야? 아아아, 의사네. 그나저나 어이가 없네. 진짜 무 변호사님 말마따나 이게 말이야, 방귀야?"

모두가 어이가 없어 하는 말.

그건 바로 판사의 판결주문 중 집행유예의 이유 때문이었다.

"피고는 의사로서 성실히 직무를 수행하고 수많은 사람들의 목숨을 살린 바, 과도한 처벌은 피고의 미래를 가로막고

추후 의사로서의 가능성을 침해할 수 있어 집행유예를 선고한다? 미친 거 아냐?"

의사니까 처벌하지 않겠다는 논리다. 상식적으로 말이 안 된다.

"봐주기 위한 재판인 거야."

"봐주기 위한 재판?"

"전에 말해 주지 않았나? 재판부에서 봐주기로 마음먹으면 어떤 핑계를 만들어서라도 봐준다고."

노형진이 전에 한번 한 말이었다.

그리고 손채림은 그 말을 기억하고 있었다.

"기억하지. 별별 이유를 다 만들어서 봐주잖아."

"그렇지."

홀몸이라서, 가족을 부양하고 있어서, 부모를 모시고 있어서, 입대 전이라서, 제대한 지 얼마 되지 않아서, 신입 사원이라서, 퇴사한 지 얼마 안 되어서, 아직 어려서 등등.

사실 감형 사유는 상당히 정확해야 하지만, 판사들은 자기들 마음대로 선택하고 적용한다.

"심지어 피해자에게 소 새끼 개새끼라며 법대로 하라고 소리 지르는 놈을, 반성하라고 봐주기도 하지."

그들이 반성한다고 고개를 숙이는 대상은 다름 아닌 판사들이다.

판사들 역시 그걸 알면서도 무시한다.

피해자는 자신들과 아무런 관련도 없으니까.

자신에게 고개만 숙이면 반성한 셈 치는 것이다.

"어찌 되었건 이건 내가 본 제일 어이없는 감형 사유 중 톱 2위에 들 만한 감형 사유다."

'의사니까' 봐줘야 한다는 터무니없는 이야기.

"1위는 뭔데?"

"봐줄 만해 줘서 봐줬다."

"엉? 진짜로 그런 감형 사유가 있다고?"

"그래."

오죽 개판이었으면, 도무지 용서가 안 되는 놈이었다.

'코에 걸면 코걸이, 귀에 걸면 귀걸이'라는 그 수많은 감형 사유 중 단 하나도 적용할 수 없을 정도로 개차반인 녀석이 었는데, 그에 대한 감형 사유를 봐줄 만해서 봐줬다는 식으로 쓴 판사도 있었다.

"설마……."

"피고인은 정치인이었지."

"완전 씁쓸하네."

"그래."

"그나저나 이걸 왜 가지고 오신 거예요?"

손채림은 고개를 갸웃하면서 무태식을 바라보았다.

법무 법인을 하면서 지는 경우는 허다하다. 그런데 그걸 죄다 노형진에게 가지고 온다면 노형진은 이미 과로로 죽었을 것이다.

"그냥은 넘어가지 못할 사건이거든요."

"성범죄자를 제대로 처벌하지 않는 건 하루 이틀 일이 아니잖아요."

손채림은 눈을 찌푸렸다.

판사들이 일반적인 국민들의 감정과 별개로 성범죄자에 대해 자비로운 성향을 가지고 있는 것은 사실이니까.

"이 녀석의 직업이 문제입니다."

"의사라면서요. 의사라고 하면 뭐, 기대도 하기 힘들지 않아요?"

"의사이기는 하죠. 산부인과 의사라는 게 문제지."

"네?"

"뭐라고요?"

노형진은 어이가 없어서 되물었고, 손채림은 당장 토할 것 같은 얼굴이 되었다.

"산부인과 의사입니다, 이 새끼."

"미친."

"아니, 판사 진짜 미친 거 아냐?"

산부인과 의사가 강간범이라니?

그러면 과연 그 녀석이 환자들을 보면서 무슨 생각을 할까?

"더군다나 이번 피해자 역시 환자예요."

"설마……."

"제가 발끈하는 이유를 아시겠습니까? 이게 상식적으로 말이나 되는 소리냐고요."

강간범 출신인 산부인과 의사를 놔둔다는 것은 소아 성애자에게 어린이집 선생님을 시킨다는 것과 다를 바가 없다.

상식적으로도 있어서도 안 되고, 있을 수도 없는 일이다.

"그걸 재판부가 몰랐나요?"

"모를 리 없죠, 사건 자체가 현장에서 벌어진 건데."

"현장에서요? 설마……."

현장이라는 말은 애매하다.

사건 현장은 어디든 될 수 있으니까. 집이든 사무실이든 말이다.

그러나 최악의 예상은 역시 맞아 들어갔다.

"산부인과 의사의 현장이 어디겠습니까? 산부인과 병원이지."

어떤 아가씨가 간단한 시술을 받기 위해 산부인과에 내원했다.

하루에서, 길어야 이틀 정도 입원하면 되는 간단한 시술이었다.

"그리고 시술에 들어갔어요. 그런데 문제는, 그녀 체질이 좀 남달랐다는 거죠."

"남달랐다?"

"마취 중 각성이라고 아세요?"

"아, 압니다."

마취 중 각성이란 마취 상태에서, 즉 수술 도중에 깨어나는 것을 말한다.

수술에 들어간 사람은 마취를 하는 것이 보통이다. 그런데 어째서인지 중간에 마취가 깨어 버리는 경우가 있다.

이런 경우 마취 전문의가 추가적인 마취를 하는 식으로 조치한다.

"하지만 정신은 깨어났는데도 불구하고 몸이 깨어나지 않는 경우가 있지요."

당연히 그러한 마취 중 각성은 최악의 기억이 되어 버린다.

몸을 가르고 장기를 헤집는 걸 그대로 느껴야 하기 때문이다.

"그런데 이번 사건과 마취 중 각성이 무슨 상관이 있어요? 혹시……?"

"네, 환자가 그 시술 중에 깨어나 버렸거든요."

전신마취 후에 바로 시술에 들어갔는데, 깨어나 보니 어째서인지 자신은 병원 수술실에 누워 있고 의사는 자신의 몸 위에서 허리를 흔들고 있었던 것이다.

"최악이다……."

저항도 할 수 없는 상황에서 벌어진 강간 사건.

환자이자 피해자는, 저항할 수조차 없는 상황에서 고스란히 강간을 당하고 있을 수밖에 없었다.

"그녀는 깨어나자마자 경찰을 불렀어요. 그게 이번 사건이지요."

"음…… 심각하군."

노형진도 그 말을 듣고 상황이 얼마나 심각한지 알아차렸다.

"그 녀석이 한 번만 그럴 놈이 아니라는 거군요."

"네. 하지만 증거가 없어요."

증거라는 게 있을 수가 없다. 환자는 수술에 들어가기 전에 마취하니까.

거기에다 그는 산부인과 의사다. 뒤처리를 깔끔하게 할 수 있는 인간이다.

"미친놈."

손채림은 구역질이 난다는 듯 부르르 떨었다.

환자가 정신을 잃어버린 틈을 이용해서 강간을 하다니.

"아니, 그러면 법원에서는 이걸 놔두겠다는 거야, 뭐야?"

"사실상 그런 셈이지."

제대로 처리하려면 그의 의사 자격을 박탈해야 한다.

하지만 제대로 된 처벌이 이루어지지 않았으니 당연히 의사 자격은 유지될 테고…….

"수많은 여성들이 그의 손아귀에 떨어지게 된 셈이지."

하루에 열 명만 산부인과 진료를 받아도 1년이면 3,650명이다. 물론 그들을 모두 강간하지야 않겠지만.

"이건 전혀 다른 문제입니다."

"그렇지요."

여자들이 남자 산부인과 의사들에게 몸을 맡기는 것은, 그들이 자신을 여자가 아닌 환자로 보고 치료해 줄 것을 믿기 때문이다.

그런데 여자로 보고 자신의 성욕을 채우기 위해 이용하려 들지도 모른다면, 불안해서 누가 산부인과에 갈 수 있겠는가?

"문제는 그의 면허가 취소되지 않는다면, 어디를 가든 같은 짓을 할 수 있다는 거야."

알려지지 않은 다른 지역에 가서 병원을 열어도 되고, 본인의 이름을 바꾸고 다시 병원을 열어도 된다.

이도 저도 안 되면 그냥 건물과 병원 이름만 바꿔도, 여자들은 그가 성범죄자임을 알 수 없다.

"이런 거면 전자 발찌를 차야 하는 거 아냐?"

"애초에 검사가 신청을 안 했잖아."

좋게 말하면 재범의 위험성이 없다는 뜻이지만, 반대로 생각하면 검사가 대놓고 편파적인 수사를 했다는 뜻이 된다.

"미친놈들. 그러면 어쩌자는 거지?"

검사는 대놓고 편파 수사를 하고, 더 나아가 판사는 아예 형량을 깎아 줬다는 소리다.

"합의된 건 아니랬지?"

"응."

아직 친고죄가 사라지지 않은 상황.

합의가 이루어졌다면 집행유예가 아니라 소가 취하되었어야 한다.

"미쳤네, 미쳤어."

합의도 되지 않았는데 집행유예라는 말에, 손채림은 눈을 찌푸렸다.

"이래도 되는 거야?"

"자칭 사회 지도층이라는 작자들이 뻔하지, 뭐."

노형진은 기록을 덮으면서 피식거렸다.

"생각해 보면 사회 지도층이라는 말은 참 개소리야."

"응?"

"생각해 봐. 사회 지도층이라는 게 뭔데?"

사회 지도층, 그러니까 사회를 이끌어 나가는 대표적인 집단을 말한다.

귀족은 아니지만, 노블레스 오블리주를 실천하는 사람들이어야 한다.

"그런데 한국은 그 사회 지도층이라는 게 심하게 변질되어 있다니까."

한국에서는 돈이 있거나 특정 직업을 가진 사람들을 사회 지도층으로 인정한다. 즉, 노블레스 오블리주는 한국의 사회 지도층과는 무관한 이야기라는 소리다.

사회 지도층으로 인정받기 위해서는 사회에 뭔가를 해야 하는데, 실제로 하는 건 전혀 없다.

산부인과 의사가 무슨 행동을 했기에 사회 지도층이 되겠는가?

"정치인도 마찬가지야. 정치인이 뭔데? 결국 국민들에게 선발되어서 국정을 대리하는 사람이잖아."

그런데 어떻게 대리인이 사회 지도층이 되겠는가?

그러나 한국에서는 그런 자들이 사회를 좀먹으면서 사회 지도층이라고 목에 힘주고 다닌다.

도리어 좋은 일을 하려고 하는 진짜 사회 지도층이나 재야 인사들에게 빨갱이라는 굴레를 뒤집어씌우며 말이다.

"네가 정치를 별로 좋아하지 않는 건 아는데 말이지, 지금은 이 사건에 집중하는 게 어떨까?"

노형진이 기분 나쁘게 이죽거리자 손채림은 한숨을 쉬면서 브레이크를 걸었다.

"이거 제대로 처벌할 수 없어?"

"처벌할 수 없지. 이미 저쪽은 답을 내놓은 상황이니까."

물론 검찰에서 항고한다면 2심까지 가겠지만.

"안 할 겁니다."

무태식은 노형진이 바라보자 무슨 의미인지 알아차리고는 고개를 흔들었다.

"애초에 제대로 조사도 하지 않고 시작한 놈들이에요. 그런데 항고하겠어요?"

"역시 그렇지요?"

다른 사람도 아닌 산부인과 의사가 약물을 이용해서 환자를 강간했다. 그런데도 검사는 최소한의 형벌도 요구하지 않앞으니, 항고할 가능성은 낮다.

"민사를 해 봐야 배상금은 높지 않을 테고."

민사를 걸면 분명 배상금은 나온다.

하지만 강간의 경우 배상금이 아주 높지는 않다. 일반적으로 상해가 없어서, 정신적 치료비와 위자료 정도만 인정되기 때문이다.

"그러면 어떻게 하지요?"

"여죄를 털어야지요."

"여죄요?"

"네."

"드러난 다른 사건은 전혀 없는데요. 물론 심증이야 있지만 그걸 어떻게……."

"약물을 이용해서 강간했습니다. 그리고 그 약물을 먹으면 기억이 사라지지요. 과연 이놈이 이런 짓을 얼마나 많이 했을까요?"

"……."

알 수 없다.

이건 심각한 범죄이고, 또 발각되면 의사 자격이 박탈되어야 하는 범죄다.

그런데 그는 능숙하게 약을 투약하고 사람을 기절시킨 후 범죄를 저질렀다.

"원래 이런 마취는 마취의가 따로 하지요."

하지만 그는 자신이 혼자 했다.

"아, 그런가요."

무태식은 머리를 긁었다. 그는 의료법에 대해 잘 모르니까.

"네. 의료법상 마취는 전문 의료인이 하게 되어 있습니다. 그렇지 않다면 마취 전문의라는 의사가 왜 따로 있겠습니까? 마취라는 것도 어떤 의미에서는 생명이 걸려 있는 중요 의술 행위입니다. 약 잘못 쓰면 약물중독으로 죽어 버릴 수도 있으니까요. 매년 그런 사건이 없는 것도 아니구요."

"으음……."

"더군다나 그의 병원 규모를 보면, 마취의가 한 명은 있어야 해요."

그런데 그는 굳이 자신이 혼자 했다.

"그런데 왜……?"

"두 가지 이유일 겁니다."

자신이 범죄를 저지르는 것을 보이고 싶지 않은 게 첫 번째 이유일 테고, 피해자가 깨어나는 시간을 조절하려는 게 두 번째 이유일 테다.

"마취가 좋은 건 아니니까요."

그래서 의학적으로 마취는 꼭 필요한 시간만 하며, 일정 시간 이상 계속되는 수술을 할 경우에는 마취과 의사가 같은 공간에서 대기하는 것이 보통이다.

"그런데 검찰에서는 아무런 말도…… 아, 니미 씨벌."

"그래서 이미 붙어먹었다고 제가 단언하는 겁니다."

그렇지 않다면 검찰이 이런 범죄를 그냥 넘어갈 리 없다.

"그러면 어쩌죠?"

"일단은 연락해 봐야지요, 관련 의료 기록을 받을 수 있는지."

이런 사건의 기본은 다른 피해자가 있는지 찾아보는 것이 우선이다.

"과연 줄지는 모르겠지만."

노형진은 그들의 행동이 예측이 가는 듯 씁쓸하게 웃었다.

⚖️

"오라는데?"

"뭐?"

노형진은 무태식 변호사와 이야기하다가 손채림이 한 말에 고개를 들었다.

"병원으로 오래."

"병원?"

"광차수가 말이야. 병원으로 가지러 오래."

"허?"

"……."

무태식은 자신도 모르게 탄성을 질렀고, 노형진은 아무런 말도 하지 못했다.

"진짜야?"

"그래."

"어이가 없군."

광차수. 산부인과 의사이자 강간범.

말도 안 되는 조합이지만, 분명히 멀쩡하게 영업하고 있는 개놈의 자식이다.

그런데 오라고 했다고?

"당혹스럽군."

노형진은 눈을 살짝 찡그렸다.

"의외이기는 한데, 어쩔 거야?"

"가 봐야지."

애초에 이쪽에서 먼저 만남을 신청했다.

물론 전혀 기대하지 않았지만, 예상과 달리 저쪽이 만남을 허락했다고 해서 꺼릴 이유는 없다.

"무슨 생각을 하는지 한번 들어나 보자고."

그리고 그게 그의 미래를 결정할 것이다.

⚖️

"이곳인가?"

노형진은 병원 건물을 바라보았다. 그리고 눈을 찌푸렸다.

"생각보다 더 크네."

"크지."

10층짜리 건물.

그중 다섯 개 층이 산부인과이고 나머지 다섯 개 층은 산후조리원이었다.

"산후조리원은 누구 거야?"

"그 인간 거야."

"어쩐지."

노형진은 한숨이 나왔다.

아무리 판사와 검사 그리고 의사가 끼리끼리 붙어먹는 자칭 '사회 지도층'이라곤 하지만, 그렇다고 해서 직업만 가지고 무조건 봐주지는 않는다.

"그럴 힘이 있다는 거지."

10층에 달하는 200평짜리 건물을 통째로 쓸 정도의 재력을 가진 의사라면, 끼리끼리 붙어먹으려고 할 수밖에.

"일단 오기는 했는데……."

일단 병원에 오기는 했다.

하지만 만나서 이야기한다고 해도 뭐가 바뀔 것 같지는 않았다. 그저 법적인 과정 중 하나일 뿐.

"그냥 우리가 알아서 다른 피해자를 찾는 게 어떻습니까? 지금이야 아무것도 없지만, 파다 보면 뭐라도 나오겠지요."

무태식은 발끈하면서 말했다.

하지만 노형진은 고개를 흔들었다.

"없을 겁니다."

광차수의 범죄는 확실히 심각하고, 또 재발 가능성이 높다. 그러니 다른 피해자는 분명히 있다.

문제는 피해자로 나설 만한 사람도 증거도 전혀 없다는 거다.

범행 시 그는 확실하게 콘돔을 사용했다. 그리고 진료라는 이름하에 뒤처리까지 깔끔하게 했다.

"피해자가 수백 명이 된다고 한들, 피해 사실을 기억하는 사람은 아예 없다시피 할 겁니다. 만일 이번 피해자가 마취 중 각성이라는 희귀한 일을 겪지 않았다면 아무도 몰랐겠지요."

즉, 오로지 의심만으로 그의 범죄를 증명해야 한다는 것이다.

"무 변호사님도 아시지 않습니까? 의심만 있고 증거가 없으면 아무것도 없는 겁니다."

"큭, 빌어먹을 새끼."

무태식은 입술을 깨물면서 병원 건물을 바라보았다.

"더군다나 그는 의사입니다. 의사에게는 환자의 비밀을 보호해야 할 의무가 있습니다."

쉽게 말해서 그에게 환자 명단을 요구해 봤자, 환자의 비밀 보호 의무를 핑계로 주지 않을 거라는 소리다.

"받아 내기 위해서는 결국 법원의 영장이 필요합니다. 하지만 과연 이 상황에서 법원의 영장이 나올까요?"

"그건 그러네요."

이미 검사와 판사까지 붙어먹은 게 확실한 상황이다.

더군다나 이쪽은 아무런 증거도 없다.

설사 판사가 아주 청렴하고 결백하며 정의로운 사람이라고 해도, 이 상황에서 영장을 내주지는 않는다.

증거가 없으면 영장도 없다. 그게 영장의 기본명제이니까.

"오늘 만남에서 뭐든 걸려 보기를 기대해 봅시다."

노형진은 건물 안으로 들어갔다.

하지만 그들은 말을 꺼내기 무섭게 바깥으로 끌려 나왔다.

"이 새끼들 끌어내!"

"잠깐만요. 이게 무슨 짓입니까!"

"여기가 어디라고 기어들어 와! 꺼져!"

보안실장이라는 인간은 노형진과 무태식 그리고 손채림을 경비원과 직원까지 동원해서 끌어내려 들었다.

하지만 당하는 노형진 입장에서는 어이가 없었다.

"약속이 되어 있다니까요!"

약속이 안 되어 있다면 여기까지 올 이유가 없다.

물론 간혹 무작정 들이닥치는 경우가 없는 것은 아니지만, 최소한 오늘은 약속이 되어 있었다.

그런데 다짜고짜 이게 무슨 짓이란 말인가?

"약속? 무슨 약속! 거짓말하지 마!"

"이봐요! 확인을 해 봐요! 확인은 해야 할 거 아냐!"

손채림이 항의하자, 보안실장은 코웃음을 치면서 전화기를 들었다.

"그래? 그러지, 뭐."

그는 광차수에게 전화를 걸었다. 그리고 보란 듯이 스피커로 돌렸다.

"원장님."

―무슨 일입니까, 보안실장?

"지금 여기에 노형진 변호사라는 놈이 와서 원장님과 약속이 되어 있다고 하는데요. 어떻게 할까요?"

―…….

잠깐 흐르는 침묵.

그리고 스피커폰 너머에서 들리는 목소리.

―이상하군요. 스케줄을 확인해 봤지만 그런 이름은 없습니다. 뭔가 잘못 안 거 아닐까요?

"노형진이라는 놈 모르시죠?"

―저는 모르는 분이군요.

"알겠습니다. 거봐, 이 새끼들 사기꾼일 줄 알았어. 너희 같은 놈들 어디 한두 번 본 줄 알아? 야, 이 새끼들 끌어내!"

노형진 일행은 입을 쩍 벌렸다.

그런 그들에게 경비원이 다시 다가와 팔을 붙잡으려 들었다.

"놔요."

노형진은 그런 경비원들을 보고 눈을 찌푸렸다.

"당장 끌어내!"

"내 발로 나갈 테니 놓으라고 했습니다."

하지만 전혀 그럴 생각이 없어 보이는 그들.

노형진은 그들을 보면서 피식 웃었다.

"이곳은 공용 시설이지요. 입장을 막을 수는 없습니다. 하지만 퇴거 명령은 내릴 수 있지요. 퇴거 명령이 나온 후 자발적으로 건물에서 퇴거하겠다는 의사를 보였음에도 불구하고 강제로 끌어내면 그때부터는 폭행입니다. 그거 아시죠?"

그러자 움찔하는 경비원들.

"무슨 상황인지는 알겠는데, 원장이 과연 당신들을 지켜 줄까요? 어떻게 하시겠습니까? 나를 끌어내서 충성심을 보이고 감옥으로 가시겠습니까, 아니면 우리가 걸어 나가게 두시겠습니까?"

"……."

노형진의 말에 경비원들은 서로의 눈치를 살폈다.

하지만 확실히 좀 전과 달리 잡고 있는 손에는 힘이 빠져 있었다.

"뭐 해, 이 새끼들아! 끌어내라고!"

"내가 두 발로 나간다고 분명히 말했습니다. 그리고 당신, 아까부터 폭행 교사하는데, 어디 한번 경찰 불러서 폭행 교사로 제대로 싸워 볼래요?"

"그……."

방금 전만 해도 끌어내라고 소리를 바락바락 지르던 보안실장은 입을 꾸욱 다물었다.

"가자."

"그러자."

"나가죠."

손채림도 무태식도, 노형진의 말에 더 이상 이야기하지 않고 그곳에서 나왔다.

그리고 나오자마자 눈을 찌푸렸다.

"저거 뭐 하는 짓이야?"

"계획된 거야."

"계획?"

"그래. 우리에게 창피를 주려고 한 거지."

약속을 잡아 두고 왔다. 그런데 모른다고 했다.

그랬다면 그들의 목적은 하나다.

"우리가 그곳에 와서 모멸감을 느끼길 바란 거지."

"미친 새끼. 반성이라는 게 없구나."

"있었다면 이런 짓을 할 리 없지."

병원이든 어디든, 이러한 일에는 절차가 있다.

일단 안내 데스크에서 약속을 확인하고, 약속이 없다고 하면 정중하게 거절한다.

그리고 그럼에도 불구하고 상대방이 퇴거하지 않고 소란을 피우면 그때 보안 팀이 출동하고, 그마저도 안되면 보안실장까지 나선다.

"하지만 우리가 이름을 대자마자 보안실장이 나왔어. 미리 짰다는 거지. 그리고 말이야, 보안실장이 굳이 광차수에게 전화를 했어. 그리고 사람들이 보는 앞에서 스피커폰으로 돌렸지. 목적이 뭐겠어?"

자신들에게 창피를 주려는 것이다.

"애초부터 우리를 엿 먹이려고 불러들인 거야."

"미친놈."

"어쩐지 합의는커녕 사과도 안 한 뻔뻔한 놈이 약속을 참 잘 잡아 준다 싶었다."

노형진은 고개를 흔들었다.

저 녀석은 안다, 자신이 처벌받지 않는다는 것을.

그리고 민사로 가 봐야 대수롭지 않은 피해 배상금이 나올 거라는 것도.

"아마 기껏해야 2천에서 3천 정도겠지."

이 정도 건물의 원장쯤 되는 인간에게 2천에서 3천은 돈도 아니다.

"이 병원은 그의 성이야. 성안에서는 성주가 왕이지."

노형진은 씁쓸하게 웃었다.

"에이, 염병할 새끼. 그러면 어떻게 하지요? 그냥 놔둬요? 제가 봐서는 저 새끼, 앞으로도 같은 짓거리를 계속할 것 같은데."

"내가 봐도 그래. 저런 놈이 반성하고 조용하게 살까?"

"그렇지는 않겠지."

마취 중 각성이라는 것은 진짜 만에 하나도 벌어지지 않는 일이다.

설혹 일어난다 해도, 체질적인 문제보다는 수면제가 부족해서 깨어나는 경우가 대부분이다.

"아마도 다음번에는 수술 전 사전 조사 문항에 마취 중 각성에 관한 질문 문항을 하나 넣고 수면제의 양을 늘릴 테지."

"으음."

"그리고 미리 동의서도 조작해 둘 테고."

"동의서?"

"그래. 마취가 동반되는 수술 중 환각이나 기타 증상이 일어날 수 있다는 식으로 조항을 넣겠지."

이번 재판에서도 그랬다.

그들은 피고인이 강간을 한 게 아니라 환자가 비각성 상태에서 환각을 본 것이라고 주장했다.

이번에 광차수가 걸린 것은 피해자의 몸에서 그의 유전자가 나왔기 때문이다.

정확하게는 성기의 음모가 발견된 탓이다.

그건 콘돔으로 어찌할 수 없는 부분이니까.

"하지만 다음번에도 또 그럴 수도 있잖아."

"그럴까?"

노형진은 피식하고 웃었다.

물론 확실히 그럴 수도 있다.

"내 생각에는, 나중에 그의 신체를 검사하면 생각보다 털이 적을 것 같은데."

"털? 아니, 대머리도 아닌데 털이 적을…… 아…… 그러네."

털이 발견되어 꼬리를 잡혔다면, 그 털을 밀면 그만이다. 그러면 걸릴 가능성은 없다.

"더군다나 환각 어쩌고 하면서 동의서 써 놨으면, 걸렸다 해도 환각이라고 밀어붙이면 되는 거지."

"큭."

쉽게 말해 그는 강간을 멈출 생각이 없다는 것이다.

"이 병원에 환자가 한두 명만 오는 게 아닐 테니까."

강간범 입장에서는 말 그대로 차려진 만찬인 셈이다.

타깃이 자발적이고 비저항적이다. 그리고 전혀 기억하지 못한다.

"어쩌지? 도대체 뭐로 이겨? 그냥 이대로 놔둬?"

노형진은 고개를 돌려서 성처럼 우뚝 서 있는 병원을 바라보았다.

"굳건해 보이는 성이지만……."

비릿하게 피어오르는 비웃음.

"사상누각이지."

모래 위에 지어진 화려한 성.

"결국 주춧돌 하나만 빼면 무너지기 마련이야."

그리고 그 주춧돌이 뭔지, 노형진은 잘 알고 있었다.

노형진이 노리는 주춧돌, 그건 다름 아닌 투자자였다.

"투자자라……. 그건 생각 못 했습니다."

"그 정도 규모의 병원이 개인의 자산이라고 보기에는 무리가 있으니까요."

개인 정보는 얻어 내기 힘들다.

설사 얻어 낸다고 해도, 이번 사건의 경우 비밀 보호 의무 때문에 써먹을 수도 없다.

"하지만 기업의 투자 정보는 비밀이 아니지요."

시내 한복판에 초대형 건물을 혼자서 온전히 소유하고 있는 사람이 과연 얼마나 될까?

물론 그런 사람이 있을 수는 있다.

"하지만 과연 그런 사람이 직접 의사로 뛸요? 그것도 저런 성격에?"

"하긴, 그렇겠군요."

아마 거들먹거리면서 놀러 다닐 것이다. 진짜 강간이 목적이라면 또 모르겠지만 말이다.

자료를 줄 생각이 없다면 애초에 부르지도 않는 것이 보통이다. 그럼에도 불구하고 광차수는 굳이 불러서 창피를 주려고 했다.

'거들먹거리고 자신을 드러내기 좋아하는 타입이야. 자신

의 힘을 자랑하고 싶어 하지.'

그런데 의사로서의 업무는 그런 걸 드러내는 일이 아니다.

도리어 원장이랍시고 거들먹거리면서 바깥으로 도는 것이 그런 성향에 맞다.

'결국 원장이지만……'

자리를 지킬 수밖에 없는 원장이라는 소리다.

즉, 투자자가 있다는 뜻.

"하지만 과연 그런다고 해서 투자자들이 저 녀석을 자를까?"

손채림은 고개를 갸웃하며 물었다.

강간 사건에 연루되었다고 하지만 돈이 된다면 그다지 신경 쓰지 않는 것이 바로 자칭 투자자라는 작자들이다.

"일반적으로는 그렇겠지."

"일반적으로는?"

"그래. 하지만 일반적인 성향을 생각하면, 또 다른 답이 나오기 마련이거든."

"또 다른 답?"

"대룡 회장님은 진료를 받을 때 어디로 갈까?"

"당연히 계열사 병원으로 가겠지."

"다른 회장님은?"

"그분들도 마찬가지겠지."

당연한 말이다.

다른 병원에 입원하면 그냥 돈 많은 환자일 뿐이지만, 그 병원에 입원하면 절대적 갑이 된다. 대우부터가 다르다.

더군다나 손이 큰 투자자들에게까지 진료비를 받는 병원은 없다고 봐도 무방할 정도다.

원래 이런 사업체들은 손실 비용을 어느 정도 감안한다.

원래는 돈이 없어서 치료비를 내지 못하는 사람들을 감안한 비용이지만, 자기 투자자에게 적용한다고 해서 드러나지도 않는다.

"그러면 이 병원의 투자자들은?"

"하지만 여기는 산부인과인데? 물론 투자자들 중에는 여성도 있겠지만……."

손채림은 고개를 갸웃했다.

그때 무태식이 노형진이 뭘 생각하는지 알아차렸다.

"투자자가 남자라고 해도 가족 중에는 여자가 있겠군요!"

"아!"

일반적으로 이 정도 투자를 하는 사람들은 멀쩡한 가정을 이루고 있으며 어느 정도 나이가 있는 경우가 대부분이다.

그러니 아내부터 딸 그리고 며느리까지, 가족이 제대로 구성되어 있을 것이다.

"과연 그런 사람들이 다른 산부인과를 갈까, 아니면 이 산부인과를 갈까?"

"오호?"

손채림도 노형진이 노리는 게 뭔지 알아차렸다.

"일반적으로 그런 사람들이 오면 병원 내에서 최고의 실력을 가졌거나 제일 직급이 높은 의사가 담당하기 마련이지."

노형진은 싱긋 웃으며 말했다.

"이 병원에서 제일 실력이 좋은 의사는?"

누가 뭐래도 광차수다.

"그러면 제일 계급이 높은 의사는?"

당연히 그것도 광차수다.

"원래 그런 자들의 성격은 뻔하지요. 남이야 강간을 당하든 말든 상관하지 않습니다, 돈만 된다면. 하지만 자신에게 이빨을 드러내거나 자신을 모욕한다면?"

노형진이 묻자 무태식이 킬킬거리며 웃었다.

"악마로 돌변하지요."

"자, 그러면 악마를 만들러 가 볼까요?"

사상누각이라는 게 이런 거지

　사람들은 변호사가 진실을 찾는 직업이라고 생각하는 경우가 많다.

　하지만 애석하게도 변호사는 진실을 찾는 직업이 아니다.

　변호사는 이기기 위해 싸우는 직업이다.

　단순히 생각해도 변호사와 변호사가 싸우면 둘 중 하나는 이기고 하나는 진다.

　그런데 진실을 찾는 직업이라면 그들이 싸울 수는 없다.

　그리고 노형진은 이번 싸움에서 진실 따위에는 관심이 없었다.

　"그래, 날 찾아왔다고?"

　서울 한복판에 있는 128평짜리 아파트.

상상을 초월하는 부를 가진 남자는 느긋하게 물었다.

한 채에 17억이나 하는 64평 아파트 두 채를 벽을 터서 사용하는 재력.

'아주 으리으리하네.'

노형진은 주변을 살펴보며 침을 꿀꺽 삼켰다.

물론 돈 자체만 본다면 자신이 눈앞에 있는 조성호와는 비교도 하지 못할 만큼 많을 것이다.

하지만 노형진에게 집이란 잠을 자는 공간일 뿐이기 때문에 이렇게 호화찬란하게 해 두지는 않았다.

"마음에 드나?"

그런 시선을 흡족한 표정으로 바라보는 조성호.

"내가 말이야, 이 집을 사려고 무리를 좀 했지. 옆집이 안 판다고 해서 시세보다 2억이나 더 줬거든. 이 안에 있는 수많은 예술 작품들도 진품이야. 이 항아리는 중국의 청나라 시대 물건이지."

소파 옆에 있는 물건을 그윽한 시선으로 바라보는 조성호.

물론 노형진은 물어볼 생각도 없었고, 궁금하지도 않았다.

"킥."

순간 작게 웃는 손채림을 노형진이 살짝 찔렀다. 다행히 조성호는 항아리에 정신이 팔려 아무것도 알아채지 못했다.

노형진의 눈치 탓에, 이후 손채림은 입을 다물려 애썼다. 그러나 눈은 여전히 싱글싱글 웃고 있었다.

그런 그녀의 눈은 이렇게 말하고 있는 듯했다.

'번데기 앞에서 주름을 잡아도 유분수지.'

하긴, 노형진이야 이런 집은 무리는커녕 일시불로 긁어도 되는 인간이니까.

"아름답군요."

노형진은 씩 웃으며 말했다.

굳이 자신이 돈이 있는 걸 자랑할 필요는 없다.

"그나저나 이야기를 하자고 왔으니 이야기를 들어 봐야겠지? 새론에서 왜 날 찾아왔는지 모르겠지만. 며늘아기야, 차 좀 내오거라."

"네, 아버님."

조성호가 바깥을 향해 말하자 어떤 여자가 조심스럽게 차를 가지고 왔다.

노형진은 그런 그녀를 보고 혀를 내둘렀다.

"며느님이 미인이시네요."

"내 아들이 아무래도 눈이 높지, 허허허."

사실 생각해 보면 당연한 일이다.

조성호 정도의 재력가가 며느리를 들이려 한다면, 그 기준이 보통 까탈스러운 게 아닐 것이다. 외모도 어느 정도 되어야 할 테고.

'아무래도 여자 쪽 집안도 보통은 아니겠지.'

노형진은 무례하지 않을 정도로, 조심스럽게 여자를 살펴보았다. 나이는 20대 중후반.

'행동을 보면 과거가 보인다지?'

들어올 때나 잔을 놓을 때의 행동을 봐서는 상당히 익숙한 편이다.

일반적인 가정에서 저런 행동을 하는 경우는 없다.

그렇다면 따로 연습을 했거나 집안에서 교육을 받았다는 소리다.

'전자라면 조성호가 이렇게 자애로운 눈빛으로 볼 리 없지.'

전자라면 아들이 여자의 얼굴만 보고 결혼했다는 의미일 가능성이 높으니까.

"며느님도 상당한 집안의 자제분이신가 보군요."

"그럼. 아버지가 은행의 거제시 지점장이라네."

물론 은행 지점장은 많다. 하지만 그 지점에 따라서 파워는 다 다르다.

"대단하시군요."

거제시. 한국의 굵직한 조선소가 몰려 있는 지역이다.

개도 만 원짜리를 물고 다닌다고 할 만큼 돈이 넘치는 곳.

관련 없는 사람들이야 그냥 시골이라고 생각하겠지만, 사실 그곳의 물가는 거의 서울에 육박할 정도로 비싸다. 그만큼 돈이 넘치는 곳이라는 소리다.

'그 말은, 이 여자의 아버지가 그저 그런 지점장은 아니라는 거지.'

은행에서 권력의 핵심에 접근한 사람이라는 뜻이다.

'나이스.'

예상은 했지만 생각지도 못한 떡밥이었다.

"그래, 할 말이 뭔가?"

찻잔을 조심스럽게 들어 차를 마신 조성호는 노형진을 바라보며 물었다.

"광차수 씨 문제 때문입니다."

"광차수?"

"그렇습니다."

"그 인간이 왜? 아, 무슨 일이 있었는지는 아네. 설마 자르라고 말하려고 온 건가?"

조성호는 피식 웃었다.

새론이 그와 싸우고 있다는 것은 알고 있다. 그리고 자신은 그가 일하고 있는 병원의 투자자다.

전혀 생각지도 못한 방향으로 접근하는 새론의 전략에, 그는 고개를 끄덕거렸다.

"시도는 좋았네. 하지만 방향이 틀렸어. 우리는 그에게 불만이 없거든. 애초에 우리는 투자자일 뿐, 주주가 아니야. 엄연히 다르네. 그래서 자르거나 할 권한도 없고."

조용히 말하는 조성호.

돈도 많이 벌어 주고 말도 잘 듣는다.

물론 지금이야 잠깐 시끄럽지만, 시간이 지나면 다 흐지부

지되는 일이다.

"우리는 그를 자르지 않을 걸세."

느긋하게 말하는 조성호.

노형진은 그런 그를 보면서 속으로 피식 웃었다.

'내가 그럴 줄 알았다.'

그걸 예상하지 못하고 온 노형진이 아니었다.

애초에, 남이 무슨 피해를 입든 눈앞의 조성호가 신경 쓰
리 없다.

"저희 역시 잘라 달라고 말씀드리러 온 건 아닙니다."

"뭐?"

"애초에 저희가 뵙고자 했던 분은 조성호 회장님이 아니라
며느님이었습니다."

"음?"

조성호는 고개를 갸웃했다.

노형진이 자신의 며느리를 만나려 할 이유가 없기 때문이다.

"우리 애를 왜?"

"그건 말씀드릴 수 없습니다."

내내 느긋하던 조성호의 얼굴에 처음으로 살짝 노기가 떠
올랐다.

"어째서?"

"개인적인 사항이니까요. 민감한 문제입니다."

"민감한 문제라고 하면 내가 더 알아야겠네."

노형진은 고개를 돌려서 그의 며느리를 바라보았다.

"동석해도 괜찮겠습니까?"

"네?"

"시아버님이 동석해도 괜찮을까요?"

카드를 그녀에게 넘겨 버리는 노형진.

하지만 사실 답은 이미 결정되어 있었다.

다른 곳도 아닌 집에서, 그녀가 시아버지를 빼고 이야기할 수는 없다.

"네, 괜찮아요. 말씀해 주세요. 어차피 문제가 있다면 아시게 될 테니까."

"알겠습니다."

노형진은 고개를 끄덕거렸다.

"일단 몇 가지 질문하겠습니다. 광차수에게 진료받으신 적 있나요?"

"네."

조성호의 얼굴이 살짝 찡그러졌다.

아무리 돈 때문에 모른 척한다고 하지만, 강간범이라는 광차수가 자신의 며느리를 진료했다는 것이 마음에 들 리 없었다.

'아무래도 담당의를 바꿔야겠군. 이번에는 아예 여자로 지명해야겠어.'

그가 그렇게 생각하고 있을 때, 노형진은 천천히 다음 질문을 했다.

"그러면 그에게 진료를 받을 때, 수술이나 시술을 한 적이 있나요?"

"그런 적이 있기는 했지요."

고개를 끄덕거리는 조성호의 며느리.

노형진은 그녀에게 마지막 질문을 했다.

"혹시 수면 마취 상태로 시술을 받거나 수술을 하신 적은요?"

"전에 수술을 받을 때 전신마취를 한 적이 있기는 해요."

그녀가 고개를 끄덕거리자, 노형진은 대놓고 눈살을 찌푸렸다.

"그래요?"

상당히 심각한 표정이 되는 노형진.

그 표정을 본 조성호 역시 얼굴이 사정없이 일그러졌다.

그도 광차수가 어떤 방식으로 범죄를 저질렀는지 아는 것이다.

"지금 무슨 말을 하고 싶은 건가?"

"회장님도 아시지 않습니까?"

수면 마취 후 강간 그리고 뒷정리.

그는 지금까지 단 한 번도 걸리지 않았다. 수면 중에 있었던 일을 기억하는 사람은 없으니까.

"말도 안 되는 소리 하지 말게! 아무리 간땡이가 부었기로서니!"

다른 사람도 아니고 자신의 며느리를 강간한다? 그건 미친 짓이다.

"확신하십니까?"

노형진은 조성호를 똑바로 바라보면서 물었다.

"지금까지 한 번도 안 걸렸습니다. 마취 중 각성이 아니었다면, 아마 끝까지 안 걸렸을 겁니다."

노형진의 말에 광차수의 몸이 부들부들 떨렸다.

"참…… 이 상황에 이런 말이 웃기기도 하지만, 며느님이 참 아름다우십니다."

"이이익!"

자신의 며느리는 아름답다.

집안도 집안이지만, 외모도 어지간한 모델급 이상이다.

그러니 강간범이 눈이 돌아갈 여지는 충분하다.

"너, 너……."

"한 가지만 더 묻겠습니다."

노형진은 사색이 되어 있는 며느리를 보면서 물었다.

"혹시 진료 이후에 임신하신 적 있습니까?"

털썩.

그대로 혼절하는 여자.

그리고 노형진의 얼굴로 조성호의 주먹이 날아왔다.

쿠당탕!

바닥을 나뒹구는 노형진.

"당장 내 집에서 나가!"

노형진은 일어나며 입술을 스윽 문질렀다. 피가 배어 나왔다.

"집주인의 퇴거 명령이 나왔으나 저희는 나가야지요."

노형진은 피를 닦으며 일어났다.

"다른 피해자분들도 만나러 가야 하거든요."

노형진은 그렇게 말하면서 뒤도 안 돌아보고 나왔다.

"으아아아!"

뒤에서 분노에 찬 조성호가 아끼는 도자기를 깨는 소리가 들려왔다.

⚖️

"아야야."

손채림이 운전하는 차에서 노형진은 피가 배어 나오는 입술을 거울로 살폈다.

"안 맞아 죽은 게 용하다."

"죽이지는 않았겠지."

"그래도 그렇지, 아주 그냥 속을 홀랑 뒤집어 버리던데."

"그게 목적이니까. 원래 의심은 끝도 없이 커지는 법이거든."

노형진은 키득거리면서 피가 묻은 휴지를 뒤로 휙 던졌다.

"내 차거든!"

"그래서 던지는 거야."

"치사하다. 자기가 청소하는 거 아니라고 그렇게 막 버리고! 뭐, 그건 그렇다고 치고, 저런다고 조성호가 힘을 쓸까?"

"쓸 수도 있고 안 쓸 수도 있지. 확실한 건 아니야."

"그런가?"

비록 화가 나서 부들부들 떨었지만 일단 증거도 없는 의심이다. 그러니 섣불리 움직이지 않을 가능성이 높다.

"하지만 투자자들이 광차수에게 불리한 이야기를 하게 되면 심적으로 끌려가게 되겠지."

"그렇겠네."

불안을 계속 품고 있기보다는 쳐 내는 걸 선택할 테니까.

노형진이 광차수를 자르라고 하지는 않았지만, 조성호 자신이 자르지 않으면 버티지 못할 것이다.

"그런데 어떻게 안 거야?"

"뭘?"

"그 여자가 전신마취 한 거 말이야. 환자 명단도 못 얻었잖아."

그런데 노형진은 꼭 그럴 가능성이 높은 것처럼 물었었다.

"그냥 찍은 건데."

"뭐?"

"그냥 찍은 거야. 걸리면 좋고, 안 걸려도 어쩔 수 없는 거고."

어깨를 으쓱한 노형진은 창밖을 바라보았다.

진짜 그랬다. 걸리면 좋고 안 걸리면 말고다.

안 걸리면, 그때는 다른 방법을 찾으면 그만이다.

"어차피 우리가 찾아갈 투자자는 한두 명이 아니잖아."

그중 단 한 명도 수면 마취를 하지 않았을까? 그건 모를 일이다.

"끄응…… 첫 타석에서 홈런 친 거네."

"뭐, 그런 셈이지."

"그런데 그 아이 문제는 왜 꺼낸 거야? 광차수는 철저하게 콘돔 끼잖아."

손채림은 고개를 갸웃하며 물었다.

100% 콘돔을 꼈을 테니 임신할 이유도 없다.

노형진이 킥킥거렸다.

"그걸 조성호가 아나?"

"응?"

"조성호가 아는 건 일부 내용이지, 전부는 아니잖아?"

"아……."

수면제를 써서 강간한 거야 알겠지만, 그 과정에서 콘돔을 썼는지 어쨌는지는 조성호도 모를 것이다.

"인간은 자기 씨앗에 대한 집착이 심하지. 특히나 나이 먹을수록 더해. 그리고 재산이 많고 물려줄 게 많을수록 그 핏줄의 정통성에 대한 집착은 심해지지. 왜 성공한 집안에서 우리 가문, 우리 가문 그러는데?"

그런데 그런 인간이 자기 핏줄에 대해 의심을 품게 되었을 때, 그 분노는 상상 이상이다.

"당연히 의심하겠지."

유전자 검사가 이루어질 것이다.

그리고 결과가 어떻든 간에 분노는 이미 생겼으니 풀 대상을 찾으려고 할 것이다.

"그리고 여자도 마찬가지지. 정확하게는 여자의 집안도 마찬가지라고 해야 할까?"

여자가 바람피운 것은 아니다.

하지만 가능성이 있는 이상, 그녀의 집안에서도 유전자 검사에 대해 동의를 해 줄 수밖에 없다.

그런데 그렇게 되면 과연 그녀의 집안에서도 화가 안 날까?

진실을 떠나서, 그런 의혹을 뒤집어쓰게 한 광차수에게 어마어마한 분노를 쏟아 낼 것이다.

"하긴, 여자에게 자식에 대한 유전자 검사는 엄청난 모욕이니까."

자신과 자식을 우리 집안사람으로 여기지 않는다는, 자식을 핏줄로 믿지 않는다는 표시.

그게 바로 유전자 검사다.

억울하게 당하는 여자 입장에서는 분노로 눈이 안 돌아갈 수가 없다.

당연히 그쪽 집도 조용히 넘어가지는 않을 것이다.

단 두 명만 해도 아마 광차수는 사색이 될 것이다.

하지만 노형진은 단 두 명으로 끝낼 생각이 없었다.

"다음에 만날 사람이 누구지?"

거대한 분노가 광차수를 집어삼키고 있었다.

"전 억울합니다! 진짜예요!"

광차수는 팔짝 뛰었다.

투자자들이 몰려와서 그를 몰아붙이기 시작했다.

아니라고 필사적으로 변명했지만, 이미 분노로 눈이 돌아간 사람들은 그의 변명을 들어 줄 생각이 없어 보였다.

"네놈이 헛짓거리를 해서 이런 일이 벌어진 거 아냐!"

조성호는 분노로 부들부들 떨었다.

막대한 돈을 주고 최우선으로 유전자 검사를 했다.

다행히 손자는 자신의 핏줄이 맞았다.

하지만 결과가 나오기까지, 그의 마음은 시커먼 색으로 타들어 갔다.

게다가 아들은 충격으로 술만 마시고, 며느리는 우울증으로 인해 상담 치료를 받고 있다.

무엇보다 사돈 집안에서 모든 걸 동원해서 광차수를 죽이겠다고 길길이 날뛰고 있었다.

만일 조성호가 막는다고 하면 그와 전쟁이라도 할 기세로 말이다.

다행히 조성호는 전쟁을 할 필요가 없었다.

그 또한 혼자서라도 광차수를 죽이고 싶은 지경이었으니까.

"이 새끼야! 이게 뭐야!"

누군가가 종이를 확 던졌다.

"그건?"

"내 딸 진료 기록이다!"

의료법에 의해 타인은 의료 기록을 못 본다. 하지만 본인은 볼 수 있다.

그 투자자의 딸이 이 병원에 다녔기에, 그걸 떼는 것은 어려운 일이 아니었다.

"이 개새끼야! 수면 마취해야 한다며! 그런데 다른 의사가, 그거 할 필요가 없는 시술이라던데!"

광차수의 얼굴이 사색이 되었다.

확실히 그렇다.

수면 마취는 편하기는 하지만 몸에 심각한 부담을 준다.

그래서 어지간한 경우가 아니고서야 의사들은 수면 마취를 권하지 않는다.

"그…… 그건 본인이 원하니까 그런 거고……."

"뭐라고? 이 미친 새끼가!"

화가 난 투자자는 당장이라도 주먹을 휘두를 듯이 날뛰었다.

환자가 아는 게 뭐가 있겠는가? 당연히 의사가 하라고 하니까 하는 거지.

자신이 원해서, 국소마취만 해도 되는 것을 굳이 수면 마취까지 하는 경우는 거의 없다.

그걸 요구할 만큼 환자가 지식이 많은 것도 아니고, 의사도 수면 마취를 부담스러워하니까.

"그게 사실입니까?"

누군가의 목소리.

고개를 돌려 보니 어느새 노형진이 서 있었다.

"당신은……."

다들 얼굴이 일그러졌다.

이 모든 일의 발단이 된 남자. 그가 서 있었다.

"당신이 어떻게 여기에?"

"투자자라고 했더니 들여보내 주던데요?"

광차수는 눈을 찌푸렸다.

이 난리가 난 것을 모든 직원들이 안다. 그러니 투자자라는 소리에, 막았다가는 자신들에게 불똥이 튈까 봐 확인도 하지 않고 들여보내 준 모양이었다.

"이 새끼가 여기가 어디라고! 지난번에 그렇게 창피를 당하고도 아직도 정신 못 차렸지! 경비원! 경비원!"

자기 상황이 이해가 안 가는 건지, 그는 다급하게 경비를 불렀다. 당장 노형진을 끌어내기 위해서였다.

하지만 그의 목적은 이루어지지 않았다.

노형진이 바닥에 떨어진 진료 기록을 들어서 옆에 있는 사람에게 건넸기 때문이다.

"어떻게 생각하세요?"

그걸 받아 든 남자는 한참을 물끄러미 바라보았다.

"넌 뭐야!"

"변호사입니다만."

남자, 임진기는 그 종이를 보면서 피식 웃었다.

"네가 그걸 봐서 뭐 하게!"

"그리고 의사죠."

순간 광차수는 입을 다물었다. 뭔가 켕기는 게 있는 눈치였다.

임진기는 원래 지방에서 의원을 하던 사람이었다.

그러나 노형진과 새론의 도움을 받아서 변호사가 되었고, 지금은 로스쿨 출신이 뭉쳐 있는 법무 법인 하늘의 대표 변호사이기도 했다.

당연히 의료에 대해 빠삭했다.

"이상하네요."

그가 말을 꺼내기가 무섭게 나타난 경비원들.

광차수는 그들을 보자마자 고래고래 소리를 질렀다.

"뭐 해! 저 두 새끼 끌어내, 당장!"

다급하게 다가오는 경비원들.

하지만 그들은 다음 순간 멈출 수밖에 없었다.

"대표는 이 인간이지만 너희 월급은 우리가 주지. 어디 한

번 끌어내 봐."

조성호가 무서운 눈빛으로 경비원을 노려보았다.

그 살벌한 눈빛에, 그들은 그대로 멈췄다.

"당장 끌어내라니까!"

"광 원장, 입 닥쳐."

누군가의 말에 광차수는 말문이 막혔다.

뭐라 하든 간에 당장 끌어내라고 하고 싶었지만, 이미 카드가 저쪽으로 넘어간 후였다.

"뭐가 이상하다는 거지?"

임진기는 서류를 다시 한번 확인하며 천천히 물었다.

"이 기록대로라면 국소마취로도 충분한 시술을 수면 마취로 하셨네요."

"아까 말했잖아, 환자분이 원하셨다고!"

"환자가 원한다고 의사가 다 해 주는 건 아니죠."

"그분은 갑이라고!"

"갑이니까 더 확실하게 해야 하는 거 아닙니까? 수면 마취가 좋지 않은 건 누구나 다 아는 이야기인데."

"……."

맞는 말이다. 도리어 갑이니까 사소한 것 하나까지 신경 써야 한다.

그런데 제대로 설명도 하지 않고 그냥 수면 마취를 진행하다니.

"더 이상한 건……."

임진기는 기록을 내밀면서 다짜고짜 물었다.

"이 부분이네요. 어떻게 생각하십니까?"

"무…… 뭘?"

"시술에 걸린 시간 말입니다. 이건 말 그대로 간단한 시술이거든요, 수술이 아니라. 산부인과 전문의쯤 되면 아무리 길어도 30분 내에 끝내는 시술이니 깨어나는 시간까지 감안해도 두 시간 이내에 끝났어야 하는데, 정신을 차리는 데 다섯 시간이나 걸렸네요?"

"……."

그 말인즉슨 필요 이상으로 과도하게 수면제를 썼다는 소리다.

"어째서죠?"

사용하지 않아도 된다면 사용하지 않는 편이 좋은 게 수면제다. 설령 쓰게 되더라도 최소한으로 쓰는 게 좋다.

그런데 고작 30분짜리 시술에 다섯 시간짜리 수면제를 투약한다?

"흠……."

그 부분이 의술의 영역이라면, 다른 부분은 법률의 영역이었다.

"이 진료서를 보니까."

노형진은 임진기가 들고 있던 서류를 넘겨다보다가 천천

히 물었다.

"그날 마취의가 동석하지 않았군요. 아까 갑이라고 하지 않으셨나요? 그런데 마취의도 없이 이렇게 무단으로 수면제를 쓰세요? 일단 의료법 위반인 건 둘째 치고, 환자가 갑이라면 당연히 안전을 위해 더 신경 써야 하지 않습니까?"

"……."

광차수는 얼굴이 사색이 되었다.

정황증거라고 하지만 의심을 불러일으키기에는 충분한 조건이었다.

"그리고 여기 기록을 보니 시술이 58분 걸렸네요."

노형진은 빈정거리는 표정으로 광차수를 바라보았다.

"산부인과 전문의 자격을 따면 개나 소나 30분 내에 끝낼 수 있는 시술이라는데 58분이나 걸리다니. 제가 아는 것과 다르게 실력이 영 꽝이신가 봐요?"

노형진이 히죽히죽 웃으며 말하자 광차수는 주춤주춤 뒤로 물러났다.

그때 의심이 확신이 된 피해자의 아버지가 그에게 달려들었다.

"이 개새끼야!"

"죽여 버릴 거야!"

투자자들은 당장 광차수에게 달려가서 주먹질을 해 대기 시작했다.

노형진은 그 아수라장에서 빠져나왔다.

"안 막습니까?"

"제가 왜요? 이럴 때 막으라고 경비원이 있는 거 아니겠습니까?"

아니나 다를까, 경비원은 다급하게 지원 요청을 하면서 그들을 말리려고 하고 있었다.

그걸 보면서 노형진은 미소를 지었다.

"이제 성이 무너질 차례입니다. 성이 무너지면, 그 안에 있는 벌레는 기어 나올 수밖에 없겠지요, 후후후."

⚖️

"젠장!"

광차수는 퉁퉁 부은 얼굴을 가리려 애쓰며 분노로 가득한 욕설을 쏟아 냈지만, 상황을 바꿀 수는 없었다.

"원장님, 어떻게 할까요? 당장 투자자들이 투자금을 달라고 난리를 치고 있습니다."

"무시해."

"무시하라니요?"

"무시하라고. 설득해 볼 테니까."

"네."

비서가 나가고 나자 광차수는 머리를 부여잡았다.

비서에게는 막을 수 있다고 말했지만, 그는 잘 알고 있다. 이게 무시로 해결될 수 있는 상황이 아니라는 것을.

당장 피해를 입었다고 생각하는 일부는 경찰에 달려가서 신고하겠다며 난리였다.

"젠장…… 어쩌지? 일이 어쩌다 이렇게 된 거야?"

일단 지금 중요한 것은 그들의 신고가 아니다.

친고죄라 피해자가 신고해야 하니, 딸이나 아내가 직접 나서야 한다.

설사 직접 한다고 해도, 현재로써는 증거가 없는 상황이니 무혐의가 나올 가능성이 높다.

"씨발."

하지만 거기까지 생각이 미친 광차수는 입술을 깨물었다.

지금까지는 그랬다.

하지만 상대방은 자신 못지않은 힘을 가진 자들. 어쩌면 자신보다 힘이 더 큰 자들.

물론 사건을 뒤집는 것은 어려운 일이 아니다.

그건 시간도 걸리는 데다 변호사와 뇌물만 잘 쓰면 어떻게든 벗어날 수 있지만…….

"염병할……."

문제는 그들이 가진 돈이다.

그들은 당장 투자금을 내놓으라고 성화다.

아무리 돈이 좋아도, 자신의 가족에게 손댄 강간범에게 투자하는 미친놈은 없다.

"망할, 망할!"

별문제 없다고 생각했다.

철저하게 어둠 속에 묻어 둘 수 있다고.

이미 그렇게 미리 손을 써 놨다.

그런데 이게 무슨 일이란 말인가.

"그래, 일단은 버티자. 저쪽에서 소송을 걸면, 시간을 끄는 거야."

기본적으로 한국에서 병원은 공공재의 성격이 강하다. 그래서 수익을 목적으로 운영할 수 없다.

물론 적자를 보라는 것은 아니다.

하지만 막대한 투자를 받아 주식을 발행하는 등 기업처럼 운영하지는 못한다.

즉, 투자자는 투자자일 뿐 주주가 아니라서, 원장을 마음대로 자르거나 하지는 못하는 것이다.

'그러니 소송으로 최대한 시간을 끄는 거야.'

최대 4년 이상은 소송을 끌고, 그사이 다른 투자자를 모아서 그 돈을 주면 된다.

물론 그러기 위해서는 자신의 수익률을 좀 포기해야 하겠지만 말이다.

"염병할."

그는 다시 한번 욕설을 내뱉었다.

"그 망할 놈이 문제야."

자신을 찾아왔던 노형진을 생각하며 그는 이를 빠드득 갈았다.

그렇게 창피를 당하고 도망간 놈이 이딴 식으로 나올 줄은 몰랐다.

그러나 그는 노형진이 어떤 사람인지 너무나 몰랐다.

"원장님! 큰일 났습니다!"

"큰일이라니? 무슨 큰일?"

"건너편 건물에 사무실이 들어섰는데……."

"그게 뭐 어쨌다고?"

시내 한복판에 사무실이 들어서는 거야 특이한 일이 아니다. 그런데 자신에게 와서 떠벌리다니.

"아무리 봐도 우리를 노린 게 확실합니다."

광차수는 벌떡 일어났다. 그리고 등 뒤의 블라인드를 치웠다.

그러자 눈에 보이는 간판들.

그중 눈에 확 띄는 간판이 있었다.

산부인과 강간 사건 피해자 대책 위원회

"이런 미친!"

이 근방에 산부인과라고는 이곳 하나뿐이다.

저출산으로 인해 상당수의 산부인과가 폐업한 데다가, 이렇게 큰 산부인과가 있으면 작은 산부인과는 못 들어오니까.

그런데 여기다 산부인과 강간 사건 피해자 대책 위원회라는 걸 세우면 누구를 노리는지는 너무나 뻔하다.

"저 개새끼는 뭐야!"

"모르겠습니다, 어떤 놈인지."

"당장 경비 불러!"

그는 눈이 뒤집어져서 경비원을 끌고 건너편으로 향했다. 누군지 모르지만 흠씬 두들겨 패 줄 생각이었다.

"너희 뭐야!"

'쾅!' 하고 문을 부수듯 들어간 광차수.

그런데 거기에는 딸랑 책상 세 개와 컴퓨터 세 대뿐이었다.

"뭐야?"

"뭐, 임시 사무실인데 별거 있겠습니까?"

뒤에서 들리는 목소리에 고개를 돌려 보니, 익숙한 사람이 있었다.

"너……."

노형진을 바라보면서 이를 빠드득 가는 광차수.

"부수고 싶으면 부숴도 됩니다. 단, 카메라가 있는 건 알아 두시고요."

노형진은 천장에 붙어 있는 카메라를 가리키면서 씨익 웃었다.

"너…… 이 새끼……."

"당신 새끼 아닙니다만?"

"뭐 하자는 짓거리야?"

"뭐 하긴요. 당신이 의료 기록을 안 주니 다른 환자분들 중에 피해자가 있는지 알아봐야지요."

이 위치는 병원에서 정면으로 보이는 자리다.

병원에서 나오다 보면 자연히 시선이 가서, 볼 수밖에 없는 자리이기도 하다.

'누가 봐도 흠칫할 수밖에 없겠지.'

아무리 의사라고 하지만 여자 입장에서는 남자가 자신의 주요 부위를 검진하는 것은 기분이 좋지 않은 일일 수밖에 없다.

당연히 아무리 티를 안 낸다고 해도, 이런 간판이 보이면 움찔할 수밖에 없다.

일부는 여기에 찾아올 테고, 그리고 소문은 날 테고…….

"너, 이러고도 멀쩡할 줄 알아?"

"안 멀쩡하면요? 폭행이라도 하시게요?"

노형진이 이죽거렸다.

사실 폭행을 한다면 불리한 건 광차수다.

상식적으로 여기서 일하는 사람들이 폭행당하면 첫 번째로 의심받는 사람은 다름 아닌 광차수일 테니까.

"소송할 거야!"

"아, 소송."

노형진은 고개를 끄덕거렸다.

민사는 어떤 식으로든 소송이 가능하다.

"뭐로요?"

"뭐?"

"그러니까 뭐로 소송할 거냐고요."

"업무방해!"

"우리가 무슨 업무를 방해했는데요?"

"그……."

소송이라는 건 그냥 의심만 가지고 해서는 안 된다. 명확한 피해가 있어야 소송이 가능하다.

"우리는 당신들 업무방해 한 적이 없는데요?"

앞에서 시위를 한 적도 전단지를 뿌린 적도 없다. 오로지 존재할 뿐이다.

"이이익……. 허위사실 유포! 명예훼손!"

"우리가 어디라고 언급했습니까?"

대책 위원회라고 이름만 달았지, 어디 산부인과라고 확실하게 못 박은 적은 없다.

"개소리하지 마! 이 근방에 산부인과라고는 여기 하나뿐이잖아!"

"아, 그랬나요?"

노형진은 마치 모른다는 듯 말했다.

"거 미안하게 되었네요."

"당장 사무실 안 빼면……."

"그러면 소송하시게? 하세요. 저도 하죠."

"뭐?"

"소송하시라고요. 몇 년이나 갈까요? 3년? 4년? 길게 가면 5년?"

광차수의 얼굴이 사색이 되었다. 노형진이 뭘 노리는지 알아차린 것이다.

'네놈이 무슨 생각을 하는지 뻔하지.'

투자금 상환 소송을 시작하면 광차수는 그걸 막기 위해 소송을 진행할 것이다.

그리고 그사이에 다른 투자자를 모아서 대체할 수 있다.

'하지만 내가 그걸 놔둘 거라 생각하면 큰 오산이지, 후후후.'

투자자가 병신이 아닌 이상에야, 현장에 와 보지도 않은 상태에서 이곳에 대한 투자를 결정할 리 없다.

그리고 투자자가 왔을 때 가장 먼저 보이는 것 중 하나가 바로 이 건물이다.

당연히 이곳을 볼 테니 그 이후에 사실을 확인하고, 당연히 투자를 철회할 것이다.

아니, 시도도 안 한다.

미치지 않고서야 저런 간판이 보이는 병원에 오는 환자는 없을 테니까.

"이이익!"

부들부들 떠는 광차수.

"뭐, 더 하실 말씀 있으면 하시고. 아니면 나가시는 길은 저쪽입니다."

노형진은 그렇게 말하면서 히죽 웃었다.

"이 새끼, 넌 언젠가 내 손에 죽는다! 알았냐! 알았냐고!"

소리를 지르는 것 말고는 아무런 것도 할 수 없는 광차수의 몸부림을 보면서 노형진은 피식거렸다.

"원래 짖는 개가 더 안 무서운 법이지."

과연 그가 노형진에게 압박을 가할 능력이나 있을까?

아니, 애초에 본인이 적으로 돌린 그 수많은 투자자들을 이길 능력이나 될까?

띠리링.

그 순간 들리는 벨 소리.

노형진은 핸드폰을 들고 통화 버튼을 눌렀다.

─어디야?

전화기 너머에서 들리는 손채림의 목소리.

"지금 막 보냈지. 왜? 벌써 다 모였어?"

─그래. 지금 다들 기다리고 있어. 제대로 엿을 먹일 수 있는 방법이 있다고 하니까 다들 모이던데.

"그래?"

노형진은 고개를 끄덕거렸다.

사실 저들도 화가 날 것이다.

투자자라고 해서 광차수가 무슨 짓을 하려고 하는지 모를 리 없다.

수억씩 투자하는 투자자가 과연 전담 변호사 한 명 없겠는가?

설사 없다고 해도, 변호사를 불러서 진지하게 상담하는 것은 그다지 어려운 일이 아니다.

'그리고 그들은 대부분 광차수가 소송을 통해 시간을 끌거라고 예상하겠지.'

그건 예상하기가 어렵지 않으니까.

그리고 그 말을 들은 투자자들은 속이 뒤집어질 거다.

그러나 당장 패 죽이고 싶어도 방법도 없다.

처벌하고 싶지만, 정작 자신이 그를 보호하기 위해 썼던 힘 때문에 생긴 판례에 의해 보호받는 셈이니 어이도 없을 테고.

"곧 그리로 갈게."

-알았어.

손채림과의 통화를 끝내고 노형진은 씩 웃었다.

"이제 뭐라고 할지 두고 보자고, 후후후."

말려 죽이는 법

노형진이 회의실에 도착했을 때, 조성호를 비롯한 투자자들은 이미 얼굴이 붉게 물들어 있었다.

"다들 여기까지 오신 걸 보니 대충 이야기가 끝난 모양이군요."

"이야기가 끝날 게 뭐가 있겠나."

조성호는 분노에 찬 얼굴로 말했다.

그럴 수밖에 없는 게, 증거가 없다고 해도 심증만으로도 충분히 의심스러운 상황이었기 때문이다.

광차수는 자신이 억울하다고 주장하고 있었지만, 이상하게 긴 마취 시간에 대해서는 아무 변명도 내놓지 못했다.

'멍청하긴.'

강간범이라는 족속 중에는 상당히 본능적인 놈들이 많다.

무슨 말이냐면, 성욕을 자극하는 대상을 보면 참지 못한다는 뜻이다.

'너희들도 참.'

손채림은 분노에 부들부들 떠는 투자자들을 보면서 속으로 혀를 끌끌 찼다.

남이 강간당했다고 했을 때는 돈만 잘 버는 놈이면 상관없다고 했던 사람들이, 정작 자신이 피해자가 되자 당장이라도 광차수를 죽이려고 길길이 날뛰고 있었다.

"그나저나 우리를 모이라고 한 이유가 뭐지?"

"설마 말리려고 하는 건 아니겠지?"

다들 분노에 찬 얼굴로 말을 꺼내자 노형진은 고개를 흔들었다.

"그럴 리가요. 다들 아실 텐데요? 저희가 먼저 그 소송을 하고 있었습니다만."

노형진은 히죽 웃으며 말했다.

그러자 다들 침묵을 지켰다.

그리고 일부 사람들은 노형진을 무서운 시선으로 노려보았다.

노형진이 찾아오지 않았다면 자신들의 평화로운 일상이 깨지지는 않았을 거라 생각한 모양이었다.

하지만 노형진은 그런 그들의 생각을 알고 있는 듯 피식하고 웃었다.

"그렇게 억울하시면 남의 자식 키우시든가요."

"……."

맞는 말이었기 때문에 순간 사람들의 시선은 일제히 아래로 떨어졌다.

노형진 때문에 터진 일이 아니다. 노형진이 와서, 감춰진 게 드러난 것일 뿐.

"화가 나시는 건 압니다. 하지만 그렇다고 해서 아무나 공격하면 안 되죠. 여러분들의 적은 광차수지 제가 아닙니다."

"그건 알겠는데, 뭘 어쩌라는 건가?"

"여러분들도 다들 아시죠, 광차수는 이미 소송을 준비하고 있다는 거."

"으음, 그건 알고 있네."

노형진에게 맡긴 건 아니지만 나름 아는 변호사를 통해 알아보기도 했다. 그리고 병원 내부에 있는 사람에게 물어보기도 했다.

그러니 광차수가 타협을 포기하고 소송을 준비하고 있다는 것을 알아내는 것은 그다지 어려운 일이 아니었다.

"이 소송을 오래 끌게 된다면 광차수는 당연히 재기할 겁니다. 여러분들을 대체할 수 있는 다른 투자자를 모아서 말이지요."

"그래서 우리에게 뭘 어쩌라는 건가? 지금 와서 화해라도 하라는 건가?"

물론 화해가 될 리 없다.

화해도 의혹이 풀려야 가능한 건데, 지금 광차수는 의혹을 풀어 줄 생각조차 없다.

"화해하라는 건 아닙니다. 다만 소를 취하하라는 거죠."

"취하?"

어이가 없다는 얼굴이 되는 투자자들.

당장 때려 죽여도 시원치 않을 놈이다. 그런데 소를 취하하라고?

"아, 오해는 하지 마세요. 제가 소를 취하해 달라고 하는 건, 광차수가 좋아서 그러는 건 아니니까."

"뭐?"

"지금 여러분들이 광차수를 압박해도, 결국은 대체할 수 있는 다른 대상이 들어올 거라고 말씀드렸잖습니까?"

그걸 막기 위해 건너편에 사무실까지 얻어서 압박하고 있지만, 사실 그 효과는 아주 강하지는 않을 것이다.

'인간은 의외로 부주의하거든.'

길을 갈 때, 의외로 사람들은 주변의 간판을 자세하게 보지 않는다.

더군다나 병원과 그 건물 사이에는 왕복 6차선 도로가 있다. 그 정도면 거의 신경도 안 쓴다.

아예 효과가 없는 건 아니겠지만, 기대만큼 효과가 나오지도 않을 것이다.

'그렇다고 거기서 고래고래 소리를 지를 수도 없지.'

그 순간 자신들은 업무방해에 엮여서 들어간다.

물론 그게 무서운 건 아니지만, 소송을 통해 사무실을 폐쇄할 수도 있게 되는 것이다.

"그러면 어쩌라는 건가?"

"투자라는 것은 참 애매하죠."

"뭐?"

"투자라는 것은 결국 그 대상에게 돈을 넣고 그 일부의 권리를 받는 것과 마찬가지니까요."

"너 변호사 맞아?"

누군가 목소리를 낮춰 으르렁거렸다.

"거기는 주식회사가 아니야! 우리가 그 녀석을 자를 수는 없다고!"

그래서 지금 이 꼴인 거다. 주식회사였으면 광차수는 이미 잘려도 백 번은 더 잘렸을 거다.

"그런데 무슨 권리야, 권리가! 도대체 너라는 인간은 그 대가리로 무슨 변호사를 한다고……!"

언성을 높이는 투자자를, 조성호가 손을 들어서 말렸다.

"너는 방법이 있나 보군."

조성호는 아는 변호사를 만났었다.

그때 그 사람은 광차수가 소송으로 시간을 끌 거라 이야기해 줬다. 지금처럼 말이다.

그리고 상대방 변호사가 노형진이라는 소리를 듣자마자 피식하고 웃었다. 그리고 말했다.

-그놈도 참 일 더럽게 꼬였네요. 하필이면 노형진이라니. 걱정하지 않으셔도 되겠습니다.

그래서 문득 궁금해졌다.
과연 노형진이 무슨 생각을 한 건지 말이다.
"돈을 달라고 하지 마세요."
"그러면?"
"땅을 달라고 하세요."
다들 눈을 찌푸렸다. 이해가 가지 않았기 때문이다.
"우리가 그 땅을 받아서 뭘 어쩌라는 건가? 그리고 땅을 받으면 거기가 망한다는 걸 어떻게 확신하나? 우리가 땅 전부를 빼앗을 만큼 투자금이 많은 것은 아니네."
본인의 가족을 건드린 것으로 의심하는 투자자도 있지만, 가족 중에 여자가 없거나 있어도 이 병원에 다니지 않아 그다지 관심이 없고 시큰둥한 투자자도 분명 존재한다.
그리고 그들은 아니나 다를까, 자신들은 상관없다면서 손을 털어 버렸다.
사실 그 숫자가 지금 여기에 모여 있는 피해 예상자들보다 훨씬 많아서 광차수가 버틸 수 있는 거고.

"소송을 해도 말입니다."

노형진은 탁자를 두들기면서 씩 웃었다.

"그쪽 투자자들은 당연히 광차수를 밀어줄 겁니다. 자기 돈을 지켜야 하니까요. 지금 광차수의 목적은 시간을 끌고 여러분의 자리를 메울 새로운 투자자를 모집하는 겁니다. 그들이 붙어서 소송을 도와준다면, 과연 그게 힘들까요?"

"으음……."

다들 아무런 말을 하지 못했다.

노형진의 말이 맞으니까.

"그러면 어쩌라는 건가?"

"말 그대로입니다. 제가 원하는 것은 광차수가 망하는 겁니다. 그리고 여러분이 원하는 것도 광차수가 망하는 거죠."

"그래서?"

"우리가 노리는 것은……."

노형진은 품에서 사진을 꺼냈다.

그리고 그걸 사람들에게 내밀었다.

"바로 이겁니다."

그걸 본 사람들의 눈에 이채가 스치고 지나갔다.

⚖

"주차장이라니. 이건 완전 생각도 못 했는데?"

"지금은 시대가 바뀌었으니까."

노형진은 소장을 넣고 미소를 지었다.

노형진이 노리는 것은 돈이 되는 의료 동이 아니었다. 그가 노리는 것은 그 뒤의 주차장이었다.

"대부분의 사람들은 차로 움직이지. 집마다 기본적으로 차가 한 대씩은 있어. 두 대 이상 있는 집도 많지."

"그렇지."

"거기에다 산부인과 환자 중에는 임산부가 높은 비중을 차지해. 과연 임산부들이 힘들게 대중교통을 이용하려고 할까?"

한국의 대중교통은 임산부에 대한 배려가 부족하다.

그러니 임산부는 대부분 자가용을 운전해서 오거나 누군가 운전하는 차에 타고 온다.

"지금의 건물의 기본은 넉넉한 주차장이야."

차량을 주차시킬 주차장이 없으면 건물 자체가 죽어 버리는 경우도 종종 있다.

그 건물에 있는 상가에 손님들이 가지 않기 때문이다.

"산부인과 병원의 지하 주차장은 협소하지."

일단 이런저런 시설도 많이 들어간 데다가, 지하 주차장을 임직원 전용 주차장으로 쓰고 있었다.

외부 손님까지 받기에는 워낙 터무니없이 작아서, 바깥에 따로 주차 동을 만들어 환자들은 그곳에 주차하고 오게 한 것이다.

"그런데 이 주차 동이라는 게 아무래도 본건물보다는 가치가 낮거든."

그러니 투자자들이 그걸 요구하면 충분히 털어 먹을 수 있다.

그리고 그건 이 병원으로서는 치명적이다.

"과연 주차도 안 되는 병원까지 찾아오려고 하는 사람들이 있을까?"

"음…… 없겠지?"

물론 일부는 있을지도 모른다.

하지만 극히 일부일 게 뻔하다.

"그러면 짜증 좀 날 거야, 흐흐흐."

⚖️

쾅!

광차수는 탁자가 부서지도록 두들겼다.

저쪽이 전혀 생각하지도 못한 방향으로 공격해 왔기 때문이다.

"지분에 따른 토지 분할 소송?"

"그렇습니다. 저들은 주차장을 내놓으라고 소송을 했습니다."

"이 새끼들이 뭐 하자는 거야!"

"아무래도 고객들의 접근을 막을 생각인가 봅니다."

부장은 진땀을 뻘뻘 흘렸다.

이건 진짜 생각도 못 한 방식이었다.

"그게 가능해?"

"그게…… 가능합니다."

만일 이곳이 회사였다면 불가능했을 것이다.

하지만 이곳은 병원이고, 투자했다는 것은 일부 지분을 가지고 있다는 것이다. 그러니 그 지분에 상응하는 뭔가를 분할해 달라는 거고.

"만일 지면, 우리는 토지를 그들에게 줘야 합니다."

"씨발……."

광차수는 입술을 깨물었다.

투자 지분에 따른 토지 분할 청구 소송.

"변호사는 뭐래?"

"우리가 질 수밖에 없답니다."

싸울 수는 있다. 하지만 질 수밖에 없다.

투자라고 했지, 준 게 아니다.

주식이 없으니 그 투자의 가치만큼을 분할할 수밖에 없다.

물론 돈으로 주면 그만이기는 하다.

하지만 그만한 돈이 지금 있으면 당장 다른 투자자를 구하려고 고생하지도 않을 것이다.

"그것도 주냐 못 주냐의 문제가 아니라, 어느 부분을 주느냐의 문제라고……."

"어느 부분을 주느냐의 문제?"

"네, 아예 안 줄 수는 없다고……."

땅이나 건물을 줘야 하는데, 주차장을 주면 분명히 그곳을
사용하지 못하게 될 것이다. 그러면 고객들은 떠나간다.

"다른 걸 주는 건? 차라리 한 개 층을 주거나……."

"그래도 문제입니다. 한 개 층을 비우면 그 한 개 층에 있
는 시설을 다른 곳으로 옮겨야 하니 사실상 건물을 통째로
리모델링해야 합니다."

"그래서?"

"비용도 비용이고, 그들이 뭘 입주시킬지 몰라서……."

"뭘 입주시킨다니?"

"그게……."

"들으셨나 봐요?"

그 순간 들리는 목소리.

고개를 돌려 보니 노형진이 씩 웃으며 서 있었다.

"너 이 새끼! 여기가 어디라고!"

"어디긴요. 투자자를 대신해서 온 건데."

"뭐?"

노형진은 대답하는 대신 가방을 들어서 흔들었다.

"위임장은 여기 있습니다. 확인하고 싶으면 하시든가."

"이 새끼가! 경비원 불러! 저 새끼 끌어내!"

"아, 경비원."

노형진은 고개를 끄덕거렸다. 그리고 히죽 웃었다.

노형진은 단순히 광차수의 염장을 지르기 위해 여기까지 온 게 아니었다. 법적인 과정을 거치기 위해 온 것이다.

"그것도 제가 온 이유 중 하나죠."

"하나?"

"네. 지분을 가진 투자자로서, 경비원 해임 건의를 하기 위해서입니다."

"해임 건의?"

"네, 그걸 위해 투자자 회의를 소집할 겁니다."

광차수는 그 말이 이해가 가지 않았다.

도대체 경비원 자르자고 투자자 회의를 하겠다는 건 무슨 소리란 말인가?

"두 번째는 협상하기 위해서이지요."

"협상?"

"네. 광차수 씨가 어디를 주든, 우리는 그걸 쓸 생각이거든요."

"너…… 너…….."

화가 나서 부들부들 떠는 광차수.

"만일 주차장을 주시면 거기에 새로 건물을 올릴 겁니다. 그래서 새로 병원을 차릴 예정입니다."

싱글거리면서 웃는 노형진.

당연히 그 병원은 산부인과가 될 것이다.

"만일 이 건물 중 한 개 또는 두 개 층을 주신다면? 거기에

다가 식당을 차릴 겁니다."

"식당?"

"네. 홍어집이나, 청국장집도 괜찮지요. 아니면 수르스트뢰밍을 팔아 볼까요? 그거 도전해 보고 싶어 하는 사람들이 제법 많던데."

"이 미친 새끼가······."

광차수는 노형진이 노리는 게 뭔지 알았다.

음식점을 하는 게 목표가 아니다. 음식으로 인해 손님이 나가떨어지게 하려는 것이다.

임신을 한 산모들은 입덧이라는 걸 하게 된다. 사소한 냄새 하나에도 속이 뒤집어져서 토하고 괴로워한다.

그런데 그렇게 냄새가 심한 음식을 병원 내에서 판다?

아마 병원에 오는 게 죽으러 오는 것만큼 싫어질 거다.

"이런 걸 독박이라고 하지요, 후후후."

주차장을 주면 주차가 힘들어서 환자들이 안 올 것이다.

건물 중 일부 층을 주면 거기서 나오는 냄새에 산모들이 속이 뒤집어져서 안 올 것이다.

설사 출산을 끝낸 산모라고 해도 냄새로 가득한 건물에 있고 싶지는 않을 테니, 당연히 산후조리원도 파리만 날릴 게 뻔했다.

"뭐, 어디를 주시든 전 감사하게 받겠습니다."

능글맞게 웃는 노형진.

그는 가방에서 뭔가를 꺼내서 내려놨다.

"그리고 이건 경비원 해직에 관한 서류입니다. 투자자 회의를 할 정도의 동의는 되었으니까 받아들이시면 됩니다."

"너, 이거 뭐 하는 짓거리야!"

"글쎄요?"

노형진은 몸을 돌려 나가면서 어깨를 으쓱했다.

"알면서 왜 물어보실까, 후후후."

"엉뚱한 경비원은 왜 자르는 거야?"

손채림은 운전하면서 물었다.

방금 전 노형진이 병원에 서류를 주고 온 것은 알고 있다.

그러나 건물은 이해하겠는데, 어째서 경비원을 자르자고 투자자들이 나선 건지 이해가 가지 않았다.

더군다나 그걸 부추긴 것은 다름 아닌 노형진이었다.

"본보기지."

"본보기?"

"그래."

"무슨 본보기?"

"광차수를 도와주거나 편들어 주면 너희는 잘린다는."

"응?"

"경비원이 우리에게 무슨 짓을 했지?"

"그거야……."

창피를 주고, 강제로 자신들을 끌어내리려고 했다.

그것도 미리 계획한 짓거리였다.

"그들이 만일 해직당한다면, 누가 지켜 줄까? 광차수가 과연 지켜 줄까?"

"글쎄. 그건 무리이지 않을까?"

고작 경비원이다. 경비원을 지키기 위해 광차수가 싸우며 소송하고 언성을 높일까?

아니다. 그냥 자르고 다른 사람을 뽑는 게 더 편하다.

"그러면 다른 투자자들이 경비원들을 지켜 줄까?"

"그럴 리 없지."

다른 투자자들은 같은 투자자들의 가족이 강간당한 의혹이 존재함에도 불구하고, 신경도 안 쓰고 돈만 되면 된다는 식으로 굴고 있다.

그런 그들이 마음이 착해서 경비원을 구제하기 위해 노력할 리 없다.

"이런 식으로 천천히 손과 발을 끊으려는 거야."

"아! 고립시키려는 거구나!"

"그래."

투자자들의 보호 대상은 광차수다.

그리고 광차수도 자신에 안위에만 관심을 가지고 있다.

그런데 광차수의 말을 따르면 자르겠다고 이쪽에서 덤빈다면, 과연 누가 광차수의 말을 들을까?

"하지만 복직 소송을 할 수도 있잖아."

"그렇지. 아마 할 거야."

"그런데?"

"내가 노리는 게 그거고."

"어째서?"

"복직 소송을 회사에 하지, 투자자한테 하는 건 아니잖아."

"아!"

"현대의 비용의 대부분은 인건비지."

경비원을 자른다고 해서 그 자리를 비워 둘 수는 없다.

그러면 거기에 새로운 사람을 뽑아야 하는데, 그사이에 복직 소송에서 기존 직원이 이기면 새로운 사람을 또 잘라야 하고, 그러면 새로운 사람이 다시 복직 소송을 할 테고.

"악순환이지."

언제 잘릴지 모른다는 공포, 광차수의 말을 들으면 해직당한다는 두려움, 거기에다 회사에 대한 미움까지.

아마 광차수와 그 일파는 천천히 회사에서 고립되어 갈 것이다.

아무리 원장이라고 하지만 무엇 하나 마음대로 하지 못하게 된다면 부담이 된다.

심지어는 직원들이 해직당하지 않기 위해 일거수일투족을

모두 노형진에게 보고하게 될 수도 있다.

"그리고 경비원은 그 시작이라는 거구나."

"그렇지."

처음에는 경비원, 그다음은 일반 직원, 그다음은 의사.

"공포가 전염되는 거지, 후후후."

그런 조직이 멀쩡하게 굴러갈 리 없다.

"하여간 넌 진짜 머리는 좋다."

"인간이라는 존재는 의외로 뻔하거든."

노형진은 싱긋 웃었다.

대화하는 사이 그들이 도착한 곳은 경기도에 있는 어떤 빌딩이었다.

두 사람이 들어가 보니 안에서는 상당히 살벌한 분위기가 돌고 있었다.

"얼어 죽겠는데?"

"그렇겠지."

노형진은 여기에 마이스터 투자금융의 법정대리인으로서 온 것이다.

마이스터의 힘을 알고 있는 이곳은 그를 두려워할 수밖에 없었다. 지금 상황이 그다지 좋지 못하다 보니 더더욱 말이다.

"노형진입니다."

노형진이 인사하자 여직원은 눈치를 보면서 안으로 안내했다. 한 남자가 잔뜩 긴장한 얼굴로 앉아 있었다.

"저기…… 차라도 한 잔 드릴까요?"

"어…… 나는 얼음물 줘요, 얼음물."

사장이라는 명패 앞에 있는 남자는 속이 타는 듯 얼음물을 가져다 달라고 했다. 그리고 노형진에게 고개를 숙여서 인사를 건넸다.

"안녕하십니까, 사장인……."

"빼세요."

노형진은 그가 자신의 이름을 말하기도 전에 말을 끊고 들어갔다.

"저기…… 변호사님……."

"소개할 필요도 없습니다. 어차피 안 볼 사이 아닙니까?"

"아무리 그렇다고 하셔도……."

"그러면 전쟁하자는 걸로 받아들이면 되겠네요?"

"아니…… 꼭 그건 아니고……."

통성명이나 하며 시간을 끌 생각이 노형진에게는 없었다.

이 상황에서는 압박이 최선이다.

그리고 압박을 하기 위해서는, 상대방에게 여유를 줘서는 안 된다.

"제가 알기로는 그런 장비들을 빌려 가고 싶어서 기다리는 곳이 한두 곳이 아닙니다. 그런데 왜 못 뺀다는 겁니까? 빼세요!"

"변호사님, 의료 장비는 아무래도 옮기는 게 힘들다 보니,

한번 설치하면 그냥 사용하는 게 보통입니다."

노형진이 이번에 노리는 것.

그건 다름 아닌 의료 장비였다.

사람들은 의료 장비가 다 병원 것이라고 생각하는 경우가 많다.

물론 종합병원급은 자기 것이 맞다.

하지만 병원이 그만큼 크지 않으면, 차라리 빌려 쓰는 걸 선호한다.

일단 의료 장비는 살 때는 엄청나게 비싼데 병원이 망하거나 해서 매물로 내놓으면 중고가는 엄청나게 낮기 때문에 처리가 부담스러운 것도 사실이고, 렌트 해서 사용하는 경우 그 비용을 경비로 처리해서 세금도 아낄 수 있기 때문이다.

그리고 이 회사는 그러한 의료 장비를 렌트 해 주는 곳이다.

"결정하시면 됩니다. 병원에서 의료 장비를 빼든가, 아니면 우리 마이스터랑 전쟁하시든가."

"변호사님…… 제발요……. 살려 주십시오."

"살길은 알려 드렸습니다만?"

"하지만 저희는 망합니다."

"어차피 그 병원은 망합니다. 이미 말했을 텐데요?"

"……."

"알겠습니다. 그러면 회수하지 않는 걸로 알지요."

노형진은 자리에서 벌떡 일어났다.

얼음물을 가지고 들어오던 여직원이 그 모습을 보고 흠칫
했다.

"아이고, 변호사님!"

사장은 노형진에게 매달렸다.

어떻게 해서든 설득하거나, 해결책이 나올 때까지 시간을
끌어 보려고 했다.

하지만 딱 봐도 노형진은 그럴 생각이 전혀 없었다.

여기서 나가는 순간 동일한 기능의 최신 장비를, 이곳과
거래하는 모든 곳에 이곳이 망할 때까지 반값에 빌려주겠다.

그게 노형진이 한 말이었다.

그런데 장비 가격 자체가 워낙 비싸서 그 정도면 매달 억
단위의 차이가 나기 때문에 그걸 거절할 병원은 없다.

신형 장비가 들어온다는 뜻이니 더더욱 말이다.

"빼겠습니다. 당장 빼겠습니다."

사장은 어쩔 수 없이 고개를 숙였다.

노형진의 말대로 그 장비들을 빌리고자 하는 병원들은 많
다. 그러니 적자는 크지 않으리라.

"잘 생각하셨습니다."

노형진은 그런 그의 어깨를 두들겼다.

그리고 슬쩍 당근을 건넸다.

채찍질도 중요하지만 당근도 중요한 법이다.

"그렇게 결단을 하시니 저희도 결단을 내리지요. 이전 비

용은 저희가 부담하겠습니다."

순간 사장의 얼굴이 환해졌다.

그런 특수 장비는 옮기는 비용만 몇천만 원이 든다. 그걸
준다고 한다면 자신들은 손해 볼 게 없다.

"감사합니다! 감사합니다!"

몇 번이고 고개를 숙이는 사장을 보면서 노형진은 씩 웃었다.

⚖

"이게 무슨……."

텅 비어 버린 병원.

그곳에서 광차수는 털썩 주저앉았다.

환자들이 오지 않는다.

당연하다.

아무리 크고 화려하고 으리으리해도, 진료의 핵심인 장비
가 하나도 없으니까.

"이런 말도 안 되는……."

현대 의학은 과학을 기반으로 한다.

몸 내부를 살피는 엑스레이와 초음파, CT, MRI. 그것 말
고도 수많은 전자 장비가 필요하다.

그런데 그 모든 게 한꺼번에 빠져나갔으니 제대로 된 진료
가 이루어질 리 없었다.

당연히 환자들도 오지 않았다.

"으흠……."

"음……."

그렇게 충격적인 상황임에도 불구하고 누구도 광차수에게 다가오지 않았다.

다들 헛기침을 하면서 애써 광차수를 모른 척했다.

다들 알아차린 것이다, 병원의 주도권이 이미 저쪽으로 넘어갔다는 것을.

일부 광차수에게 충성하던 사람들을 대상으로 가차 없이 해임 건의가 제출되었다.

물론 이쪽에도 투자자들이 있었지만 그들은 직원들의 해임 건의에 관심도 주지 않았고, 결국 반대가 없었기 때문에 직원들은 해직당했다.

그렇다 보니 복직 소송 중인 사람만 스무 명.

모두가 안다, 광차수와 함께하면 인생이 망가진다는 것을.

하지만 그의 성이 무너지는 것은 이제 시작이었다.

"으음……."

광차수는 등 뒤에서 들리는 목소리에 고개를 돌렸다.

지금까지 그를 편들어 주던 투자자들이 서 있었다.

"그 말이 사실이었군."

"자네, 다른 곳에서 장비를 구할 수 있나?"

"구…… 구할 수 있을 겁니다."

"구할 수 있을 겁니다?"

의문이 남는 말이다.

"구할 수 있습니다. 구하겠습니다."

마지막 남은 투자자들마저 떠나고 나면 자신에게 남는 것이 없기에, 광차수는 다급하게 말했다.

하지만 안다, 자신이 아무리 노력해도 구하지 못한다는 것을.

이미 수십 곳에 전화해 봤다.

하지만 누구도 그에게 장비를 빌려주겠다는 소리를 하지 않았다. 소문이 파다하게 난 탓이다.

"그래서, 누가 빌려준다고 하던가?"

"……."

투자자들도 바보는 아니다.

사정을 알아보고 또 어떤 일이 벌어지고 있는지 알아낸 후 결정하려고 했다.

그리고 답을 내렸다.

"광 원장, 미안한데 내 투자금을 돌려줘야겠어."

"허억! 박 사장님!"

"지금 이 꼴을 보게. 이게 병원인가?"

직원들은 원장의 말을 듣지 않고, 검사 장비는 하나도 없다. 손님들은 주차장 문제로 오지도 않는다.

이곳이 아프리카나 내전 중인 국가 같은 제3세계 병원과 다른 것은 단 하나, 그나마 의약품이 풍부하다는 것뿐이다.

하지만 기자재를 이용해서 검사하는 데 익숙한 현대의 의사가 갑자기 그런 것도 없이 진단을 내릴 수 있을 리가 없지 않은가?

더군다나 이곳은 산부인과다. 한 생명도 아니고 두 생명의 목숨이 달려 있는 곳.

"미안한데 난 손 털겠네."

박 사장이라 불린 남자는 담담하게 말했다.

돈은 올바르다. 그리고 돈을 벌어 주지 않는다면, 광차수는 이용 가치가 없다.

"박 사장님! 박 사장님! 한 번만 기회를 주십시오!"

"기회? 무슨 기회? 지금 자네 말대로 누군가 빈자리를 채우기 위해 여기에 투자할 것 같나? 이 꼴을 보고도?"

안 그래도 상당수 투자자들이 빠져나가서 불안한 상태였다. 그리고 지금 꼴을 보면 망하는 것은 확실하다.

"그만두세."

몸을 돌려서 나가는 박 사장. 그리고 그와 함께 몸을 돌리는 대다수의 투자자들.

그들이 몰락하는 병원에 돈을 넣어 둘 이유는 없다.

"으아아!"

아무도 남지 않은 병원의 홀에서, 광차수는 머리를 부여잡고 절규했다.

"수갑을 차고 나가시겠습니까, 아니면 그냥 따라오시겠습니까?"

형사는 차가운 얼굴로 말했다.

그 말을 듣는 광차수의 얼굴은 멍했다.

이해가 가지 않았다. 아니, 이해할 수가 없었다.

어째서 자신의 성이 이렇게 허무하게 무너진 것일까?

"그런 걸 보통 사상누각이라고 하지요."

"너……."

"남의 돈으로 세운 병원입니다. 당신이 성주라고 하지만 당신의 돈이 아니었지요. 당신은 그걸 잊은 겁니다."

그들이 광차수를 보호한 것은 그가 돈을 벌어 주었기 때문이지 그가 주인이어서가 아니었다.

"경찰분이 기다리시는데 빨리 결정하시죠."

광차수는 고개를 돌려 경찰을 바라보았다.

"이미 수사가 진행되었습니다. 그러니 당신이 벗어나지는 못할 겁니다."

환자와 의사의 비밀 보호 의무에 따라 진료 기록을 노형진이 볼 수는 없다.

하지만 속았다는 사실을 안 투자자들이 여기저기에 손을 썼고, 결국 영장이 나오게 할 수 있었다.

광차수를 보호하던 인맥은 이제 그를 물어뜯는 데 사용되었고, 수많은 의심스러운 기록이 발견되자 그에게 구속영장이 발부되었다.

"이건 꿈이야⋯⋯. 꿈일 거라고⋯⋯."

"수갑을 찰 거요, 말 거요?"

그나마 원장이라고 최후의 기회를 주는 경찰.

하지만 광차수는 전혀 다른 선택을 했다.

"꿈이야!"

자리를 박차고 문밖으로 달아나려고 했던 것이다.

당연히 입구에는 경찰이 서 있었고, 그는 채 열 걸음도 나가기 전에 그대로 허공을 붕 날아서 바닥에 메다꽂혔다.

쾅.

"광차수! 너를 강간 혐의로 체포한다. 너는 변호사를 선임할 권리가 있으며⋯⋯."

좋게 말하는 시점은 끝났다.

도주를 시도한 시점에서 이미 도주 가능성이 인정되었기 때문에, 그의 팔은 강제로 뒤로 돌려져서 수갑이 채워졌다.

수갑이 까드득거리며 손목을 조이는 소리가, 그에게는 마치 자신의 미래를 막는 것처럼 들렸다.

"이건 꿈이야! 으아아아!"

그의 발광을, 노형진은 그저 차가운 눈빛으로 바라볼 뿐이었다.

안 좋은 시간에 안 좋은 곳

조용한 재판정.

여느 때처럼 수많은 사람들이 누군가를 기다리고 있는 그 곳에 노형진도 자리하고 있었다.

다만 평소와 다른 것은, 그가 있는 곳이 변호인석이 아니라 방청석이라는 것이다.

옆에 앉아 있던 손채림은 웅성거리는 사람들의 목소리를 무시하고 광차수 사건 기록을 살피다가 고개를 흔들었다.

"미친놈이네, 미친놈."

전문가들은 병원의 모든 기록물을 뒤졌다.

그러자 의심스러운 기록이 나오기 시작했는데, 그 내용은 상상을 초월했다.

"지난 5년간 백서른 명? 이게 인간이야?"

강간 여부를 이제 와서 확인할 수는 없다.

하지만 수술 기록에서 발견된 의심스러운 사건만 무려 백서른 건이었다.

그것도 혼자 수술실에 있었거나, 뒷마무리를 직접 했거나, 필요 이상으로 수술 시간이 길었거나, 환자가 수술 후 깨어나는 데 필요 이상으로 긴 시간이 걸린 사건만 따졌을 때였다.

"미친 새끼는 맞는 것 같네."

아니라고 발버둥을 치고는 있지만 누구도 그를 믿지 않았다.

그의 전 재산은 압류되었고, 건물과 병원은 그대로 투자자들이 집어삼켰다.

그들은 다른 원장을 고용해서 병원을 맡겼고, 광차수가 평생을 고생해서 일으킨 병원은 그렇게 통째로 남에게 넘어갔다.

"병신 같은 거지. 사실 그 돈이 있으면 자신이 원하는 대로 할 수 있거든."

그가 버는 돈은 절대로 적지 않다. 어디서든 여자를 품에 안을 수 있는 돈이다.

하지만 그는 강간을 선택했고, 그에 자신의 인생을 걸었다.

"미친놈이지."

"처벌이 제대로 이루어질까?"

"그건 모르지."

아직 증거가 명확하지 않다.

강간의 가장 큰 증거는 성관계의 흔적인데, 하필이면 그는 산부인과 의사라 그런 걸 지우는 데 능했기 때문이다.

모든 것은 심증뿐.

"하지만 쉽게 벗어나지는 못할걸."

한두 건도 아니고 수백 건의 심증을 벗어나기는 쉽지 않을 것이다.

투자자들, 그러니까 돈도 권력도 있는 자들이 눈에 불을 켜고 있으니 더더욱 말이다.

"사회적인 정의가 지켜져야 할 텐데."

노형진은 씁쓸하게 웃었다.

"오, 들어온다."

때마침 들어온 판사들.

그들은 한참 이런저런 이야기를 하기 시작했다.

사실 중요한 내용은 아니다. 아니, 중요하기는 하지만 결과에 비해서는 중요하지 않다.

지금 이 순간 중요한 것은 결과, 그러니까 선고 내용이니까.

그리고 드디어 마지막 문장이 판사의 입에서 흘러나왔다.

"피고인 이송학에게 사형을 선고한다."

"아니야! 아니야! 으아아! 내가 아니야!"

이송학은 절망적으로 소리를 질렀다.

하지만 사람들은 눈에 광기를 가득 채운 채 환호를 질렀다.

"망할 놈!"

"죽여 버려!"

"죽여!"

"개자식! 넌 공기가 아까워! 죽어!"

사람들이 소리를 질렀고, 이송학은 눈물을 흘렸다.

"내가 아니야! 내가 아니라고!"

울면서 끌려 나가는 자와 기쁨의 환호를 내지르는 방청객들의 모습이 뒤섞인 상반된 장면.

"광기가 느껴지네."

손채림은 그런 주변을 보면서 왠지 무섭다는 듯 부르르 떨었다.

"그러게."

"그나저나 진짜 확실한 거야, 이송학이 무죄라는 게?"

"확실해."

노형진은 심각한 얼굴로 말했다.

'기억하지 못한다면 내가 나설 이유가 없지.'

이송학은 도둑이었다. 정확하게 말하면 빈집을 터는 도둑이었다.

재수 없게 안 좋은 곳에, 안 좋은 때에 있었을 뿐이다.

'거기에다 어리석음까지 함께했지.'

그는 여느 때처럼 빈집을 털러 갔다.

그런데 빈집인 줄 알았던 곳에 애엄마와 다섯 살짜리 딸아이가 있었다.

그는 그 둘을 강간했고 잔혹하게 죽였다.

국민은 분노했고, 재판부는 그런 국민들의 분노를 받아들였다.

엄마만 강간했어도 아이 앞에서 부모를 강간했다고 최악의 범죄자 취급을 당했을 텐데, 엄마와 고작 다섯 살 먹은 딸아이를 동시에 강간했다. 그리고 죽였다.

성인군자가 와도, 부처가 살아 돌아와도 용서할 수 없는 죄였다.

'드러난 건 거기까지지.'

하지만 실제로 일어난 일은 그게 아니었다.

두 사람은 이미 죽은 후였고, 그는 그저 빈집을 털러 간 것뿐이었다.

사실 그곳에서 신고를 하든가 도망쳤어야 정상이다.

그런데 그의 지능지수가 일반인보다 좀 낮은 것이 문제였다.

그는 벌벌 떨면서도 빈집을 털었다.

당연히 사방에 유전자를 흘려 증거를 남겼다.

"감사합니다, 흑흑흑……. 감사합니다. 정의가 살아 있음을 느낍니다……."

기자들을 붙잡고 눈물을 흘리고 있는 남자.

피해자의 남편이며, 아버지.

'그리고 범인.'

노형진은 차갑게 그를 노려보았다.

다른 사건과 다르게 이번 사건은 범인을 기억하고 있었다. 다름 아닌, 애엄마의 남편이자 다섯 살 딸아이의 아버지인 그였다.

노형진이 모든 사건을 기억하는 것은 아니다.

설사 기억하는 사건이 있다고 해도, 어지간히 잘못되지 않은 이상 그가 굳이 끼어들 이유는 없다.

하지만 그 '어지간히 잘못된' 그것이 바로 이 사건이다.

이송학은 살인죄로 감옥에 갇혀 버렸다. 그리고 그곳에서 죽게 된다.

신장병에 걸렸는데, 감옥에서 제대로 진료해 주지 않는 바람에 죽은 것이다.

이 소식을 들은 모두가 정의가 이루어졌다고 생각했다.

진실이 알려지기 전까지는.

'악마 같은 놈.'

피해자이자 희생자의 남편이고 아버지인 봉규태. 그가 바로 범인이었다.

그는 아내와 딸에게 수십억의 보험금을 들어 두고 사건을 일으켰다.

그리고 명확하게 알리바이를 만들어서 수사 대상에서 벗어났다.

나중에 봉규태가 한국을 떠난 후에 사건의 진실이 드러나면서 시끄러워졌다.

하지만 봉규태는 이미 한국을 떠났고, 어째서인지 경찰과 검찰은 그를 잡는 데 그다지 열성적이지 않았다.

사실 뻔하다.

그를 잡는다는 것 자체가 자신들이 무능하다는 걸 증명하는 꼴이었으니, 그를 잡아서 이슈화하는 걸 피하고 싶었던 것이다.

"네가 이 사건을 어떻게 아는지는 모르겠는데……."

손채림은 머리를 긁었다.

어떤 이유인지는 모르지만 노형진이 직접 이 사건을 해결하겠다고 나섰으니 자신은 도와줄 생각이었다.

"그런데 네가 말하는 게 사실이라면…… 한 가지 문제가 있는데 말이야."

"어떤 문제?"

"아버지라며?"

손채림은 구역질이 난다는 표정을 지었다.

경찰은 다섯 살짜리 딸에게 명백하게 강간의 흔적이 있다고 발표했다. 그렇다는 건…….

"애석하게도 네가 예상하는 게 맞아."

"우욱…… 더러워."

"더럽다 뿐이냐?"

인간으로서는 해서도 안 되고 절대 용서해서도 안 되는 짓이다.

그러나 그는 편하게 남은 생을 살아간다.

"결국 2심으로 가야 하는데, 가능하겠어?"

"가능하게 해야지."

노형진은 입술을 깨물며 말했다.

이송학은 혼이 나간 얼굴로 앉아 있었다.

사형. 그에게 떨어진 형벌.

변호사는 한국은 사형을 집행하지 않는 실질적인 사형 폐지국이라면서 안심하라고 이야기했지만, 억울한 그의 입장에서는 그 말이 귀에 들어오지 않았다.

"일단 제가 하는 건 여기까지입니다."

변호사의 말에 이송학은 겁이 더럭 났다.

2심을 가야 한다. 그런데 변호사가 그만둔다니?

"변호사님? 그러면 저는요? 저는요? 저 죽기 싫어요! 살려 주세요! 제발 살려 주세요, 엉엉엉……."

변호사를 붙잡고 우는 이송학.

변호사는 그를 보고 입맛을 다셨다.

"제가 그만두고 싶어서 그만두는 게 아니구요, 무료 변론 해 주겠다는 분이 있으세요."

그런 경우 일단 무료 변론을 하는 사람이 나서야 한다.

자신은 국선변호인이다. 당연히 변호를 하는 비용은 정부에서 지급한다.

그러니 무료 변론을 해 주겠다는 사람이 있으면 물러나야 한다.

"지금 여기에 도착하셨다고 하니까 전 이만."

이송학을 뒤로하고 밖으로 나간 변호사는 마침 다가오는 노형진을 발견하고 고개를 숙였다.

"수고하세요. 자료는 퀵으로 보내 드릴게요."

노형진은 그를 보면서 씁쓸하게 미소 지었다.

"아, 네."

대충 인사도 하는 둥 마는 둥 멀어져 가는 변호사를 노형진은 고개를 돌려서 보면서 한숨을 쉬었다.

"저거 왜 저래?"

심지어 손채림조차도 어이가 없다는 표정이었다.

그럴 수밖에 없는 게, 아무리 자신들이 대신한다고 해도 이렇게 빨리 물러날 이유가 없기 때문이다.

상식적으로 회사에서도 인수인계를 할 때까지 출근하는 게 보통인데 인수인계는커녕, 자료는 퀵으로 보낸다고?

"이게 패배의 이유지."

"말하지 않아도 알 것 같네."

사회적으로 지탄받는 사건의 경우 그걸 변호하는 게 상당히 부담스러운 것이 사실이다.

상대방이 부자라면 그나마 돈이라는 이득이 있으니 국민들이 뭐라고 하든 신경도 안 쓰겠지만, 이 경우는 그것도 아니다.

가해자인 이송학은 돈이 없고 사회적으로 엄청난 지탄을 받고 있다.

"대충 했구나."

그래서 손채림도 어렵지 않게 예측할 수 있었다.

"그래."

변호사가 제대로 일했다면 이 정도까지 오지는 않았을 것이다.

하지만 저 변호사는 제대로 일을 하지 않았고, 그 자세는 2심에 가서도 마찬가지였다.

그 결과가 이송학의 죽음이었다.

"들어가자."

노형진은 안으로 들어가서 이송학을 만났다. 그리고 인사를 건넸다.

"반갑습니다. 노형진입니다. 당신의 새로운 변호사이지요."

"저를 무료로 변론을 해 주신다고요?"

"네."

"어…… 어째서요?"

사전에 전혀 이야기를 듣지 못했던 이송학의 얼굴에는 당황한 표정이 역력했다.

"당신의 말을 믿으니까요."

이송학의 눈에 눈물이 가득 차기 시작했다.

"으허허허헝."

그리고 결국 울음이 터졌다.

아무리 아니라고, 자신이 한 게 아니라고 외쳐도, 누구도 믿지 않았다. 심지어 변호사조차도 자신의 말을 믿지 않았다.

그런데 전혀 알지도 못하는 사람이 자신을 믿어 주자 서러운 감정이 물밀듯이 몰려왔다.

"일단은 우세요. 괜찮습니다. 울어도 됩니다."

노형진은 그런 그를 말리지 않았다. 그저 그가 진정하기를 기다렸다.

그렇게 한참이 지나고 나서야 그는 애써 마음을 진정시키며 고개를 들었다.

"사건 전반에 대한 이야기는 간략하게 들었습니다. 하지만 자세한 이야기를 좀 들었으면 하는데요."

"훌쩍…… 제가 도둑질한 건 사실입니다. 전과도 있어요."

"압니다."

그래서 경찰과 사람들이 더 믿지 않은 것이었다.

빈집털이 전과가 2범이나 있으니까.

하지만 노형진의 입장에서는 더 말이 안 되는 소리였다.

'빈집털이범이 사람을 죽이는 경우는 드물지.'

빈집털이범이 빈집을 터는 이유는 일단 빈집이 편한 것도 있지만, 사람과 부딪히지 않아도 되기 때문이다.

물론 빈집이라고 들어갔던 곳에서 사람과 부딪힐 수도 있다. 하지만 그때는, 빈집털이범은 보통 도망을 간다.

어쩌다 보니 퇴로가 막혀서 싸울 수도 있다. 그리고 그 와중에 사고로 사람을 죽일 가능성도 존재한다.

'하지만 빈집털이범이 돌변해서 강간하고 살인한다? 심리적으로 말이 안 되지.'

범죄자라고 해서 다 같은 범죄자가 아니다.

빈집털이범과 강간범은 둘 다 범죄자이지만 목적도, 성향도 전혀 다르다.

빈집털이범은 여자가 완전히 벗고 있어도 도망가는 타입이지 강간을 하는 타입은 아니다.

설사 강간을 한다고 해도, 다섯 살짜리 여아를 강간하고 살해한다는 건 말도 안 된다.

그건 범죄자의 문제가 아니라 아동 성폭력 경험이 있는 정신이상자의 영역이다.

"그곳이 빈집인 줄은 어떻게 알았습니까?"

"오랫동안 광고 전단지가 쌓여서요."

그건 흔하게 인식하는 방식이다.

그렇게 전단지가 쌓이면 도둑들은 빈집이라고 예상한다.

"그래서 창문으로 들어갔지요."

3층에 위치한 집이기는 하지만 빈집털이 경험이 있는 그가 가스 배관을 타고 들어가는 것은 어렵지 않았다.

"그곳에 들어갔을 때, 처음에는 이상한 느낌을 받지 못했어요."

"어떤 느낌이었습니까?"

"그냥 썰렁했죠. 빈집이니까."

"그래요?"

"네."

그는 일단 주변을 살피면서 돈이 될 만한 것을 챙겼다.

사실 거실로 들어가서 주변을 털어 본다고 해도, 거실에 귀중품이 있는 경우는 드물다.

당연히 빈집털이들은 일단 안방을 노린다. 귀금속이나 유가증권, 현금 등은 안방에 두는 것이 보통이니까.

"그래서 안으로 들어갔는데……."

말을 하다가 멈춘 이송학은 부르르 떨었다.

당장 그곳에서 본 모습이 기억이 났기 때문이다.

"여자와…… 아이가…….."

말을 하면서도 이송학은 부들부들 떨었다.

"그 부분은 말씀하지 않으셔도 됩니다. 시신은 건드리셨나요?"

"아…… 아닙니다."

이송학이 굳이 말해 주지 않아도 알고는 있다. 기록에 사진이 찍혀 있었으니까.

여자와 아이가 옷이 벗겨진 채로 죽어 있었다. 둘 다 목이
졸린 채로 말이다.

"그런데 왜 신고하지 않았죠?"

차라리 그때 도둑질을 멈췄다면, 그리고 신고를 했다면 일
이 이 지경이 되지는 않았을 것이다.

하지만 그는 그러지 않았다. 아니, 그럴 수가 없었으리라.

"제가 전과가 있으니까요. 벌써 2범인데……."

"가중처벌 되겠군요."

특정범죄가중처벌법 위반.

범죄자들이 무서워하는 법률이다. 일단 적용되면 무조건
2년 이상의 징역이 나오기 때문이다.

2년 이상 20년 이하의 징역이니 무서워할 수밖에.

'절도에 관한 가중처벌은 나중에 없어지지만.'

사소한 잡범이나 생계형 범죄자들까지 모조리 가중처벌
대상이 되는 바람에 나중에 없어지는 부분이기는 하지만, 아
직은 절도에 대한 가중처벌이 존재한다.

그러니 이송학은 두려움에 떨어야 했다.

"그러면 차라리 그냥 나오지 그랬어요."

노형진은 한숨을 쉬었다.

"돈이 급했습니다."

이송학은 입술을 깨물었다.

사실 그는 손을 씻으려고 했다. 하지만 돈이 없었다.

"아버지가 입원하셨어요."

벌어 둔 돈도 없고, 출소한 지도 얼마 되지 않았다. 당연히 직장을 구할 수도, 대출을 받을 수도 없었다.

그 상황에서 그가 선택할 수 있는 것은 하나뿐이었다.

"안 좋은 상황이군요."

차라리 당장 도망갔다면 모를까, 그는 도망가지 않았다.

아니, 도망가지 못했다.

상당히 부유해 보이는 집. 그 집을 뒤져서 돈을 찾으려고 했다.

'그리고 그게 실수였지.'

몇몇 보석이 나왔고 그걸 판매하려다가 추적 중인 경찰에게 잡혔다.

장물아비가 아무리 그런 걸 처리해 주는 사람이라고 해도, 살인이 연루된 물건까지 처리해 주지는 않기 때문이다.

"그래서 잡혀 들어간 거고요."

"네."

물론 억울하다고 주장했지만, 믿어 주는 사람은 없었다.

사건이 언론에 나가고, 이미 그가 범인으로 확정된 상태이니까.

"전 진짜 억울해요, 변호사님. 흑흑흑…….."

"후우……."

노형진은 한숨을 쉬며 고개를 흔들었다.

아무리 처벌이 무섭기로서니 거기서 그렇게 도망을 가다니.

"차라리 신고했으면 정상참작은 되었을 텐데요."

"저…… 저는 법을 잘 모르니까……."

"법을 잘 몰라도, 시체가 있는데 거기에서 도둑질을 한다는 생각은 도대체 어떻게 한 겁니까?"

"흑흑흑……."

노형진은 고개를 흔들었다.

전반적으로 그동안의 사회적 연구 결과에 따르면 범죄자들은 일반인보다 지능지수가 떨어진다.

물론 사기꾼같이 지능지수가 높은 범죄자도 있지만, 이런 단순 절도범들은 확실히 그런 부분이 좀 있었다.

"그것 말고는요?"

"제가 아는 건 다 말씀드린 겁니다."

최대한 말한다고 말한 이송학은 고개를 숙였다. 자신이 봐도 터무니없는 말이기는 했을 테니.

노형진은 일단은 그런 그의 어깨를 두들기면서 진정시켰다.

"알겠습니다. 저희가 수사 자료를 넘겨받으면 다시 조사해 보겠습니다."

지금으로써는 그 조사 자료를 확인하는 것이 최우선인 듯했다.

"역시 조사 자료는 그다지…….."

퀵으로 온 자료를 넘겨받아 살피면서 노형진은 고개를 흔들었다.

중간에 범인이 잡혀서 그런지 수사가 제대로 정리된 것이 아니었다.

정확하게 말하면, 진행되던 중에 흐지부지된 느낌이 강했다.

"이송학이 범인이 아닌 거 맞아?"

손채림도 미심쩍다는 듯 말했다.

그가 아니면 이런 범죄를 저지를 만한 사람이 없어 보였기 때문이다.

"자료 같은 걸 봐도 이송학이 범인이라는데…….."

"그건 그렇게 조사했으니 그런 거야."

"그렇게 조사해서 그렇다고?"

"그래. 히틀러의 우성학 같은 거지."

"히틀러의 우성학?"

"답을 미리 정하고 거기에 끼워 맞춘 거지."

히틀러는 살아생전 아리아인이야말로 가장 진보하고 가장 완벽한 인간이라 주장했다.

그리고 그 당시 독일의 연구 결과를 보면 그러한 성향이 확실하게 드러나 있다.

"하지만 진짜로 아리아인이 더 뛰어난 것은 아니었지."

운동신경은 흑인이 더 좋다. 노화의 속도를 기준으로 하면 동양인이 더 안 늙는다.

물론 어떤 면에서는 유럽계의 백인들이 더 뛰어난 능력이 있기도 하지만, 반대로 더 떨어지는 것도 있다.

"결국 발전에 대한 반응이 다른 것일 뿐이야."

"그런데?"

"그런데 왜 그 당시에 독일에서 나오는 연구 결과는 죄다 아리아인의 우수성을 주장했을까?"

"아…… 알 것 같네."

이미 답은 정해져 있다.

히틀러가 아리아인이 우수하다는 정치적 답을 내놓았고, 연구자들은 그 결과에 맞춰서 연구를 한 것이다.

"물론 그러지 않은 연구자들도 있었지. 하지만 그런 사람들은 둘 중 하나를 선택해야 했지."

다른 나라로 망명하거나, 그 당시 독일의 비밀경찰인 게슈타포에게 쥐도 새도 모르게 끌려가거나.

"이 경찰도 마찬가지야."

그나마 이송학이 잡히기 전에는 제대로 된 수사 방향이 보인다.

사실 제대로 된 수사 방향이라는 것은 누구도 믿지 않고 누구든 의심하는 것이다.

이것이 법이다

그게 일반적이다.

"하지만 이송학이 등장한 후에는 조사 결과가 달라지지?"

"확실히 그러네."

"모든 조사 결과가, 이송학을 염두에 두고 이루어져서 나온 거야."

살해 현장에서 사라진 금품, 그 금품을 장물아비에게 넘긴 것은 이송학이다.

그러니 답은 나와 있다.

이송학이 범인이다!

"그러니 거기에 맞춰서 조사한 거지."

"흠."

손채림은 노형진의 말에 머리를 긁적거렸다.

노형진이 말하는 게 뭔지 알아차린 것이다.

"미묘하네."

조사 자료를 보면 이송학이 범인처럼 보인다.

하지만 한 걸음 옆에서 조사 자료를 보면, 이송학이 범인이라는 가정하에 조사한 것이 드러난다.

가령 이송학의 동선이라든가, 그가 만난 장물아비라는 식으로 말이다.

당연히 거기서 훔치고 판매까지 하려 했으니 그가 거기에 있었던 것은 확실하다.

"그런데 너는 왜 그렇지 않다고 생각하는 거야? 그냥 느낌이야?"

　노형진은 가만히 고개를 흔들었다.

　그냥 느낌이 아니다. 자신이 사건을 기억하는 것도 기억하는 거지만, 다른 이유도 있었다.

　"이걸 봐."

　"뭔데?"

　"피해자의 사망 현장 기록."

　"그거 토할 정도로 봤거든!"

　사실 현장의 사진을 본다는 게 결코 기분 좋은 일은 아니다. 하지만 어쩔 수 없다. 증거 하나라도 더 찾아야 하니까.

　"그런데 이상한 거 못 느꼈어?"

　"전혀."

　"난 알겠는데?"

　"어떤 거?"

　"어머니 말이야. 피해자 중에서 어머니의 몸에 방어흔이 있어?"

　"그런 건 없다고 되어 있었는데."

　"그래서 문제인 거야. 그 상황에서 어떻게 방어흔이 없을 수 있어?"

　"어?"

　어떤 어머니가 자기 딸이, 그것도 다섯 살밖에 되지 않은 딸이 강간당할 위기에 처했는데 구경만 하겠는가?

"그러면 어머니가 먼저 제압당했다는 거네."

"그렇지."

"그러면 이상할 게 없잖아?"

"내가 말하고자 하는 게 그거야. 어머니가 먼저 제압당했어. 그런데 범인이 왜 아이를 강간하고 도망을 가? 그때쯤이면 이미 여자는 죽었을 텐데."

"으음……."

"시체 옆에서 그 사람의 가족을 강간하는 게 제정신이라고 생각해?"

손채림은 눈을 찌푸렸다.

그리고 자신이 만난 이송학을 떠올리며 더더욱 인상을 썼다.

"그럴 사람 같아 보이진 않았는데. 하지만 가면을 쓰는 놈들이 한두 명이 아니잖아."

그러고는 고개를 흔들었다.

세상에는 미친놈이 많다.

누가 봐도 선한 사람이라고 생각했는데 알고 보니 악마인 경우는 차고 넘친다.

"내가 말하는 건 착하고 안 착하고의 문제가 아니야."

"그러면?"

"심리의 문제지."

"심리의 문제?"

"그래. 자기가 사람을 죽였어. 그런데 그곳에서 다른 사람을 느긋하게 강간하고 있을까?"

"그건…….”

경찰의 말에 따르면 두 사람은 순차적으로 교살되었다.

처음에는 엄마가, 그 후에는 아이가.

"아무리 빈집이라지만, 사람이 죽었다면 공포에 질려 겁먹는 게 정상이야. 그런데 범인은 공포에 질려 겁먹고 도망가지 않았어. 도리어 아이에게 손댔지.”

"절도범이랑 패턴이 확 달라지는데?”

"내가 이상하게 생각하는 게 그거야.”

누군가 올지도 모른다는 공포. 그 공포 속에서 다급하게 살인도 하고 절도도 하고 나간다?

"사진을 봐. 여기에 있는 두 개의 상반된 흔적을.”

피해자를 찍은 사진은 이 살인이 차근차근 벌어진 일임을 알려 주었다.

그런데 절도하기 위해 주변을 뒤진 흔적은, 다급하다 못해 거의 그냥 패대기친 수준이다.

"확실히 이상하기는 하네.”

손채림도 인정했다.

뭔가 말이 안 되는 모습이다. 한 개의 범죄 성향이 아니다.

"이런 걸 왜 경찰이 놓쳤지?”

"놓친 게 아니라 안 보인 거겠지.”

이미 범인은 잡혔다. 그러니 귀찮게 수사하지 않아도 된다는 그런 생각이 들었을 것이다.

"프로파일러라도 하나 있었으면 이 꼴이 나지 않았겠지."

프로파일러라도 하나 있었다면 아마 현장을 보고 서로 상반된 흔적이 존재한다는 걸 알아챘을 것이다.

하지만 사건은 넘치고 프로파일러는 부족하다. 그나마 있는 경찰 소속 프로파일러도 진짜 범인 추적보다는 잡무에 쫓기는 게 현실이다.

"미친. 구역질 나."

손채림은 현장의 사진을 보다가 멀찌감치 밀어 버렸다.

아무리 사건을 해결하기 위해서라고 해도 이런 꼴을 보면 속이 뒤집어진다.

"사실 이송학이 운이 더럽게 없는 거였어."

봉규태는 사건 전에 다수의 보험에 들었다.

1년 전에 그가 가입한 보험의 보험료만 해도 한 달에 무려 330만 원.

600만 원 정도 되는 그의 월급을 생각하면 터무니없이 많은 돈이다.

"아마 이송학이 걸리지 않았다면 사건은 보험금을 노린 범행 쪽으로 넘어갔을 테지."

하지만 이송학이 현장에서 물건을 훔쳐서 팔다가 걸렸다.

그 때문에 보험 살인 쪽으로는 전혀 넘어가지 않았던 것이다.

"그러면 봉규태는 자기 딸을 강간했다는 거야?"

"그게…… 그렇게 되겠지?"

노형진은 왠지 서글픈 얼굴이 되었다.

'자기 딸이 아니라고 하지만.'

나중에 알려진 바에 따르면 봉규태는 무정자증이었다.

결혼할 때는 그도 몰랐다. 그런데 결혼한 후에 우연히 알게 되었다, 자신은 아이를 낳을 수 없다는 것을.

'상황이 안 좋았지.'

그가 하던 가게는 흔들리고, 그에 따라 빚도 늘어 가고 있었다.

그런 상황에서 부부 싸움은 잦아졌고, 딸이 자기 자식이 아니라는 충격적인 사실까지 알게 되었다.

'아무리 그래도 미친놈이지.'

아무리 화가 난다고 해도, 인간으로서 해서는 안 되는 일이었다.

그러나 그는 실행했고, 그 돈을 들고 도망갔다.

"하지만 봉규태가 범인이라는 증거는 없잖아? 사실 너도 거의 의심만 하는 수준이고."

"생각을 바꾸자고."

"응?"

"지금 증거가 없는 이유는 애초에 이송학이 범인이라는 가정을 하고 들어갔기 때문이야. 애초에 봉규태를 범인으로 의심하지도 않은 거지."

"그래서?"

"아까 뭐라고 했지? 이송학이 없었다면, 이 사건은 아마 평범한 보험금을 노린 살인이 되었을 거야."

즉, 이송학이라는 존재를 배제하고 사건을 추적하면 관련 증거가 나온다는 것이다.

"그게 뒤집을 수 있는 카드가 되겠지."

노형진은 이를 악물며 말했다.

"이 세상에 악마가 있을 곳은 없어."

"친애하는 재판장님."

노형진은 일단 변론에 나섰다.

증거를 추적하는 것도 중요하지만 3심까지 가면 시간이 너무 오래 걸리니 여기서 뒤집어야 하기 때문이다.

"이번 사건에서 피고인 이송학은 현장에 있었습니다. 그 부분은 인정합니다. 하지만 1심에서 주장한 바와 같이, 그는 현장에서 절도는 했을지언정 강간 및 살인은 하지 않았습니다."

노형진의 말에 검사는 코웃음을 쳤다.

"피고인 측 주장은 말도 안 됩니다. 피고인 측도, 주장은 그렇게 하고 있지만 정작 그 증거는 제출하지 못하고 있지 않습니까?"

사실 그랬다.

1심의 변호사도 마찬가지 주장을 했다. 하지만 증거는 내놓지 않았다.

아니, 증거를 제출하지 못했다.

그럴 수밖에 없다. 증거가 없었으니까.

하지만 노형진은 다르게 생각했다.

"증거요? 검찰 측, 피고인이 범인인지는 어떻게 알았습니까?"

"피고인이 현장에서 얻은 장물을 판매하는 것을 알고 잡았습니다."

확실히 그랬다.

그리고 그건 빼도 박도 못하는, 부정할 수 없는 사실이다.

"그렇지요. 그렇게 잡았지요. 그런데 그건 저희 쪽 주장과 같지 않습니까?"

"그게 무슨 말입니까?"

"저희는 현장에 피고인이 있었다는 것을 인정했습니다. 그걸 훔쳤다는 것을 인정했지요."

"그걸 이제 와서 인정해 봐야 무슨 의미가 있지요?"

"'이제 와서 인정해 봐야'가 아니라 상식적으로, 살인을 하고 얻은 장물을 채 이틀도 지나기 전에 판매한다는 것은 말이 안 되지 않나요?"

노형진은 좌중을 보면서 말했다.

판사는 잠깐 생각에 잠겼다.

이것이법이다

"살인 후 고작 이틀입니다. 피고인은 지금까지 살인은커 녕 동물도 한 마리 죽여 본 적이 없는 사람입니다. 그런 사람 이 사람 둘을 죽이고 채 이틀도 지나지 않아 그 현장에서 얻 은 장물을 판매한다? 그게 피고인의 다급함을 말하는 증거 라고, 저는 주장하고 싶습니다."

"다급함이라니?"

"1심에서 제출했던 참고 사항을 봐 주시기 바랍니다."

1심에서는 변호사가 자비를 이끌어 내기 위해 진단서를 제출했다.

하지만 노형진은 그걸 다르게 생각했다.

"보다시피 피고인의 아버지는 암입니다. 그것도 아주 다 급하게 수술을 해야 하는 상황이었지요. 그런 상황에서 피고 인이 어찌 다급하지 않겠습니까?"

그건 자비를 요구하는 게 아니라 피고의 심리 상태를 증명 하는 증거가 되었어야 한다.

"재판장님, 그 기록을 보시면 알겠지만, 그 수술 시한이 사건 이후 사흘 이내입니다. 그 시기를 놓치면 최소한 3개월 이상 대기해야 하는 상황이었습니다. 그런 상황이기 때문에 피고인이 손을 씻었던 절도를 다시 저지르게 된 것입니다."

"그건 피고인 측 주장이고요."

"그래요? 그러면 검찰 측에 한 가지만 묻겠습니다."

질문이 엉뚱하게 넘어오자 검사는 고개를 갸웃했다.

"검찰 측, 지금 콘돔 가지고 있습니까?"

"에? 지금 장난합니까? 신성한 법정에서 콘돔이라니요?"

기분이 나쁘다는 듯 눈을 찌푸리는 검사.

노형진은 그의 대답을 무시하고 고개를 돌렸다.

"여기 방청객 중에서 혹시 콘돔 가지고 있는 사람 있습니까?"

하지만 사람들은 웅성거릴 뿐, 콘돔이 있다고 손 드는 이는 없었다.

"그렇겠지요. 한국에서 콘돔은 상시 들고 다니는 용품이 아니니까요."

"그래서요? 그게 이번 사건과 관련이 있나요?"

"피고인은 빈집을 털기 위해, 즉 범죄를 저지르려 그곳에 갔습니다. 그런데 검찰 측의 조사에 따르면, 살인범은 콘돔을 끼고 강간을 했다고 했지요? 애초에 빈집을 털러 가는데 도대체 콘돔을 왜 가져갑니까?"

"……!"

검사는 아차 하는 표정이 되었다.

"상식적으로 생각해 보십시오. 일반적으로 그런 상황에는 콘돔을 가지고 가지 않습니다. 더군다나 현장에서 쓰고 버린 콘돔이 발견되지도 않았지요."

"그거야 범인이 회수해 갔으니까……."

말을 하던 검사는 말끝을 흐렸다.

그건 자신들의 주장일 뿐이니까.

"그리고 설사 콘돔을 상시 가지고 다닌다고 한들, 두 개씩 들고 다닌다는 게 말이 됩니까?"

"그건⋯⋯."

확실히 그 부분이 이상하기는 하다.

검찰은 이송학이 빈집을 털러 갔다 모녀를 보고 우발적으로 강간했다고 주장하고 있다.

그런데 우발적으로 강간을 저지른 사람이 콘돔을, 그것도 두 개나 가지고 있었다는 건 논리적으로 말이 안 된다.

"피해자들의 체내에서는 어떠한 유전자도 발견되지 않았습니다. 검찰은 이를 기반으로 이송학이 콘돔을 사용했다고 주장하고 있습니다. 그런데 이건 현장에서 추적한 결과와는 완전히 상반된 바입니다. 절도의 현장에서는 이송학의 유전자가 발견되었습니다. 강간을 하고 난 후 이미 써 버린 콘돔까지 챙겨 간 피고인이 절도의 현장에서는 자신의 흔적을 남긴다는 게, 말이나 된다고 생각합니까?"

그렇게 철두철미한 사람이었다면 애초에 자신을 꽁꽁 싸매고 갔을 것이다.

"그리고 이번 사건에서 더 이해가 가지 않는 것이 있습니다. 저는 검찰이 이송학으로 사건을 특정하기 위해 고의적으로 수사하지 않았다고 생각합니다."

노형진의 말에 검사는 눈을 확 찌푸렸다.

"지금 검찰을 뭐로 보고! 누명을 씌우기 위해 증거를 조작했다는 겁니까!"

"증거를 조작했다는 것은 아닙니다. 하지만 제대로 수사하기 귀찮아서 방치했다고 생각합니다."

"뭐요!"

발끈하는 검사.

판사는 손을 들어서 그런 검사를 진정시키고, 물끄러미 노형진을 바라보았다. 그리고 천천히 입을 열었다.

"피고인 측 변호인, 어째서 그렇게 생각하지요?"

"피고인은 체포당한 후에 진술을 하고 자신의 죄를 말했습니다."

"하지만 그게 거짓일 수도 있지 않습니까?"

"그럴 수도 있겠지요."

노형진은 고개를 돌려서 자신을 바라보는 이송학을 마주보았다.

"하지만 그걸 증명하는 게 바로 검찰의 역할입니다."

"그래서, 일을 하지 않았다는 이유가 뭡니까?"

"바로 CCTV입니다."

"CCTV?"

"그렇습니다. 피고인의 진술을 보면, 제법 자세하게 기록되어 있습니다."

그날 언제 어디서 어떻게 나왔는지, 어디서 어디로 움직였는지 이송학은 최대한 자세하게 진술을 했다.

그저 그런 사건도 아닌, 살인 사건이었으니까.

"그런데 검찰 측에서 제출한 기록을 보면, 그 해당 동선의 CCTV 기록이 전혀 없습니다."

"그게…… 현장에는 CCTV가 없었습니다."

검사는 아차 했다.

사실 노형진의 말이 맞다.

애초에 이송학이 범인이 확실하다고 생각했기 때문에 해당 기록을 확인해 보지도 않았던 것이다.

그러나 그의 입장과는 다르게 그건 상당히 중요한 증거였다.

그는 애써 변명했지만, 이미 상황은 돌이킬 수 없는 것이 되고 있었다.

"피고인의 동선에 CCTV가 전혀 없는 것은 아닙니다. CCTV가 없었던 것은 검찰 측 말처럼 현장뿐이지요. 그리고 피고인의 진술서에는 그 동선과 움직인 시간까지 자세히 적혀 있습니다. 확인하고자 했다면 어려운 일은 아니었겠지요."

"확실히……."

이런 상황에서 그러한 영상은 중요한 증거다.

사람은 거짓말을 할 수 있지만 영상은 거짓말을 하지 못하니까.

"분명히 촬영된 영상의 타임 라인을 비교하면 피고인 이송학은 사실상 그 범죄를 저지르는 게 불가능했다는 걸 알 수 있었을 겁니다. 그런데 왜 그걸 확인하지 않았지요?"

검사는 똥 씹은 얼굴이 되었다.

사실 그럴 수밖에 없다.

이송학이 빈집을 터는 데 걸린 시간은 채 15분이 안 된다.

하지만 두 사람을 강간하고 죽이는 데 든 시간을 생각해 본다면, 이 15분은 터무니없이 짧다.

따라서 이송학이 말한 대로 그 동선을 조사해서 추정 시간만 뽑아내도 그의 말이 진짜인지 거짓인지 알 수 있다.

"흠…… 검찰 측, 확실히 중요한 증거 같은데, 관련 증거 있습니까?"

"그게…… 관련 증거가 없습니다."

"그러면 지금이라도 그걸 확보할 수 있나요?"

"죄송합니다."

벌써 몇 달 전 사건이다. 그 당시를 촬영한 CCTV 영상이 아직까지 남아 있을 가능성은 거의 없다.

"제가 알기로는 이런 사건에서 그러한 동선의 추적은 기본이고 CCTV는 그걸 증명하는 가장 중요한 자료인데, 어째서 이번 사건에서만 굳이 그걸 찾지 않은 겁니까?"

노형진의 말에 검사의 얼굴이 굳어졌다.

사실 그럴 수밖에 없다.

만일 당시 피고인이 주장한 시간에 피고인의 모습이 촬영된 CCTV가 있다면, 이는 피고인의 무죄를 증명할 가장 확실한 증거가 된다.

그리고 그걸 피고인은 이야기해 줬다.

그런데 정작 검찰은 그 증거를 확보하지 않았다.

다른 사람들이 보기에는 죄를 뒤집어씌우기 위해 확보하지 않은 것으로 여겨질 수도 있는 중대한 과실이었다.

"혹시 피고인 이송학을 범인으로 만들어야 하는 무슨 이유라도 있습니까?"

노형진이 그 부분을 지적하면서 공격하자 검사는 진땀을 흘렸다.

형사에서 검찰 측에 피고인의 유죄 증명 책임이 요구되는 것은 당연하고, 무죄의 증거를 확보하지 않은, 아니 감췄다고도 볼 만한 행동은 재판에서 좋게 보일 수 없다.

"아닙니다."

"그러면요? 단순히 피고인 이송학이 장물을 팔았으니까 더 이상 수사할 필요도 없다 이거였나요?"

"그건⋯⋯."

부정할 수 없는 사실이다.

그가 장물을 팔았다는 이유로, 그 이후에는 제대로 수사도 하지 않은 게 사실이니까.

"아무래도 관련 자료에 대한 조사를 좀 더 요구해야겠네요."

판사는 심각한 표정이 되었다.

사람의 목숨이 걸려 있는 수사다. 그런데 편의를 위해 제대로 수사하지 않았다면, 그도 판결을 내릴 수 없다.

"추가 수사해서 제출하시기 바랍니다. 검찰 측이 구형한 게 사형입니다. 그런데 사형이 걸려 있는 사건을 그렇게 날림으로 하면 어떻게 합니까?"

판사는 평소와 다르게 검찰 측에 확실하게 이의를 제기했다.

그럴 수밖에 없다.

검찰이야 구형을 하는 것뿐이지만 최종적으로 결정하는 것은 판사다.

판사 입장에서는, 잘못하면 죄 없는 사람의 인생을 끝장냈다는 죄책감을 평생 짊어지고 가야 하는 문제가 된다.

아무리 한국이 실질적 사형 폐지국으로 사형을 실행하지 않고 있다고 해도 말이다.

"죄송합니다."

"추가 조사해서 제출하세요."

판사는 단호하게 선을 그었고, 노형진은 똥 씹은 얼굴을 하고 있는 검사를 바라보면서 피식하고 웃었다.

⚖️

"일단 어느 정도는 된 건가?"

"아니, 이제 제자리를 찾은 거지."

형사사건에서 가장 중요한 것은 판사에게 합리적 의심을 불러일으키는 것이다.

그게 무죄와 유죄를 가르는 가장 중요한 부분이고, 다행히 노형진은 CCTV가 증거로 제출되지 않았다는 점을 기반으로 그 합리적 의심을 이끌어 낼 수 있었다.

"하지만 여전히 의심받고 있는 것은 현실이지."

법원에서 명령을 받았으니 검찰에서는 추가 조사를 하겠지만, 관련 자료는 이미 사라진 후일 것이다.

그게 죄를 증명하지도, 그렇다고 무죄를 증명하지도 않는 상황이니, 결국 이 이후의 싸움은 지금부터다.

"증거가 남아 있을까?"

"찾아야지."

노형진은 노을 아래에 서 있는 법원을 뒤돌아보면서 걱정스럽게 중얼거렸다.

과학과 범죄

"역시 없어."

손채림은 고개를 흔들었다.

사건과 관련해서 이송학의 무죄를 증명할 수 있는 어떠한 정보도 없었다.

"CCTV는 당연히 없고, 어디서 계산했다는 기록이나 그를 기억할 만한 사람도 없어."

"골 때리는군."

합리적 의심을 불러오기는 했지만 그건 어디까지나 합리적 의심일 뿐이다.

무죄를 확정하기 위해서는, 그가 강간과 살인을 저지를 수 없었다는 증거를 확보해야 한다.

"시간이 시간이니까."

문제는 사건이 워낙 오래전에 일어났다는 거다.

검찰이 무죄의 증거를 모으지 않았기 때문에 CCTV 기록은 남아 있지 않았고, 또 이송학이 나름 도둑질하러 간다는 부담으로 인해 누구와도 접촉하지 않고 조심해서 움직이는 바람에 그를 기억하는 사람도 없었다.

"이 인간 진짜, 운이 더럽게 없다고 해야 하나."

"그러니까 말이다. 천하에 재수 없는 놈이라는 말이 딱 맞아떨어진다."

일이 꼬이려고 하니 정말 증거가 단 하나도 없다.

"그런데 말이야."

"응?"

"그 남편이라는 작자가 범인이라고 했잖아?"

"봉규태 말이지?"

"그래. 그런데 검시관 말로는 그 시간에 그가 집에 없었다고 했잖아. 그게 어떻게 가능한 거야?"

"글쎄."

노형진은 머리를 긁적거렸다.

'나도 그건 잘 몰라서 말이지.'

사건 전반에 대해서는 잘 알고 있다. 하지만 봉규태가 어떻게 알리바이를 만들었는지는 모른다.

이러한 범죄에 대해 알리바이를 만드는 방식은 언론에 공표되지 않는다.

모방 범죄에 쓰일 가능성이 있기 때문이다.

"그런데 왜 죽은 시기가 확실하지 않은 거야?"

"그러니까."

사인은 밝혀졌다. 문제는 언제 죽었는지 확실하지 않다는 것이다.

검시관의 말에 따르면 발견되기 2주 전쯤에 사망한 것으로 보인다고 했다.

그리고 그때는 남편이라는 작자가 부산에 있을 때였다.

"진짜 모르겠네."

노형진은 머리를 북북 긁으며 고개를 흔들었다.

아무래도 그게 밝혀지기 전까지는 사건을 뒤집을 방법이 없어 보였다.

"더 이상한 건, 3주나 부산에 있으면서 전화 한 번 안 했다는 건데."

"그러니까."

사실 당연하다면 당연한 거다. 본인이 죽었으니 전화를 할 이유가 없는 것이다.

정말 아무것도 몰랐다면, 전화를 걸었는데 안 받으면 이상해서라도 올라오는 게 정상이니까.

"진짜 모르겠다."

노형진은 의자에 기대고 천장을 바라보았다.

"타임 라인이 이상하잖아."

피해자들이 죽은 시점은, 검찰에 따르면 발견 2주 전이다.

바로 그 시점에 이송학이 그 집에 들어갔다. 그리고 봉규태는 그 당시 부산에 있었다.

"도대체 어떻게 한 거지?"

노형진은 눈을 찌푸리면서 한숨을 쉬었다.

지금 상황에서 그 비밀을 풀지 못하면 이송학의 혐의는 벗지 못한다.

합리적 의심은 말 그대로 의심일 뿐, 다른 증거들은 이송학을 가리키고 있으니까.

"끄응……."

의자에 기댄 채로 고민을 하는 노형진.

그러다가 문득 사진에 찍혀 있는 다른 종이를 발견했다.

"이건 뭐지?"

"뭐?"

"전단지 말고 구석에 있는 거."

"이거? 고지서네."

"고지서? 아, 그러네."

고지서. 뭔가를 내라고 날아오는 종이.

보통은 자동이체를 많이 해서, 요즘에는 그다지 보이지 않는 물건이다.

"고지서라……."

중얼거리며 멍하니 사진을 바라보던 노형진의 머릿속에 문득 스치고 지나가는 생각이 있었다.

"잠깐만."

"응?"

"그때 진술서……."

노형진은 당장 이송학의 진술서를 꺼냈다. 그리고 쭈욱 다시 살폈다.

"이게 왜?"

"이송학은 그 집 안이 무척이나 더웠다고 진술했어."

"그런데?"

"그런데 당시 수사 기록을 보면 주변 온도가 적혀 있는데, 상당히 추웠어."

"날씨가 바뀌었나 보지."

"그럴 리가."

아무리 봄이 되어 간다고 하지만, 덥다?

애초에 집이 더웠다는 것부터가 말이 안 된다. 사람도 없는 집이 더울 이유가 없다.

"하지만 땀을 흘린 건 사실이잖아?"

과학수사 팀은 이미 이송학이 흘린 땀을 현장에서 발견해서 채취했다. 그리고 유전자도 확인했다.

그러니 이송학이 더워서 땀을 흘린 것은 사실이다.

"그런데 왜 나중에는 추워졌을까?"

"꽃샘추위 아냐?"

"꽃샘추위?"

노형진은 고개를 갸웃하다가 문득 날짜를 확인했다.

그리고 그 사건 당일이 상당히 따뜻한 날씨였다는 것을 확인했다.

"하지만 조사 기록에 보면 그 집의 온도가 영하 4도라고 되어 있단 말이지."

이 온도는 예사로 보고 넘겨서는 안 된다.

사람의 사망 시간을 측정할 때 상당한 영향을 주는 것이 바로 온도다.

온도에 따라 시신의 부패 속도도 달라지기 때문이다.

"사람이 없는 집이면 보통 보일러를 끄거나 외출로 해 두고 나가는 게 정상 아냐?"

"그렇지."

"그런데 왜 이송학이 들어갈 때는 더웠을까?"

보일러를 틀어 두고 죽었다?

아니다. 그런 거라면 경찰이 수사를 할 때도 보일러가 틀려 있었어야 한다.

하지만 그 당시 집 안의 온도는 영하 4도.

겨울 날씨를 생각하면, 상당 기간 난방을 하지 않았다는 소리다.

"음……."

노형진은 고민하다가 다시 모니터에 떠 있는 사진으로 시선을 돌렸다.

눈앞에 있는 고지서.

어쩌면 그게 증거가 될지도 모를 일이었다.

"어쩌면⋯⋯."

노형진은 씩, 미소를 지었다.

"기록을 찾았는지도 모르겠는데, 후후후."

그는 눈을 반짝거렸다.

⚖️

"친애하는 재판장님, 애석하게도 관련 영상은 찾지 못했습니다. 하지만 피고인 이송학이 현장에 있었다는 증거는 너무나도 명확합니다."

검찰은 판사의 말대로 최대한 관련 기록을 찾으려고 했다.

하지만 관련 기록은 전혀 남아 있지 않았다. 이미 몇 달 전의 기록들이니 당연히 남아 있을 리 없었다.

"애초에 검찰 측은 피고인의 무죄를 증명하는 데 아무런 노력도 하지 않았습니다. 이는 명백하게 업무를 방임한 것입니다."

"수사 과정에 혼선이 있었던 것은 인정합니다. 피고인이 범행 현장의 물건을 가지고 와서 판매하였으니 그가 범인이라고 확신한 것도 사실입니다. 하지만 CCTV를 확보하지 못했다는 이유로 검찰에 피고인의 무죄를 입증할 생각이 없었다는 것은 피고인 측 변호사의 무리한 주장입니다. 사실 그러한 증거 말고도 피고인이 범인이라는 증거는 사방에 널려 있습니다. 방에서 나온 그의 유전자와 지문 그리고 그가 가져다가 판 집 안의 패물들. 거기에다 이미 전과 2범에 달하는 그의 범죄 기록 등을 보면, 그가 범인일 수밖에 없습니다."

"전과 2범이라는 것이 범인이라는 증거가 되는 건 아닙니다. 더군다나 그 범죄의 성향이 전혀 다릅니다. 그는 빈집을 터는 빈집털이지, 강간 살인범이 아닙니다. 더군다나 전에도 언급했듯이 사망자에게서는 어떠한 유전자도 나오지 않았습니다. 피고인의 목적이 강간 및 살인이었기 때문에 콘돔을 비롯하여 유전자를 지울 만한 준비를 하고 갔다면, 사방에서 유전자와 지문이 나올 이유가 없지 않습니까?"

"처음에는 강간 살인만 하려고 하다가 패물을 보고 마음이 바뀌었을 수도 있지요."

"말이 됩니까? 약한 범죄가 우연히 강한 범죄로 바뀌는 경우는 있지만, 강한 범죄를 저지른 자가 갑자기 약한 범죄를 추가로 저지르고 돌아간다고요?"

"하지만 피고인은 확실하게 그곳에 있었지 않습니까? 그쪽에서는 피고인이 무죄라고 주장하시는데, 그러면 그쪽에서 그 증거를 내밀어야 하는 거 아닙니까?"

이송학은 고개를 푹 숙였다.

맞다. 증거가 없다.

자신도 안다, 없는 증거를 만들어 내는 것은 불가능하다는 것을.

노형진은 그런 그를 힐끗 보더니 어깨를 두드려 주었다.

"증거는 없지요. 하지만 그가 하지 않았다는 증거가 없을 뿐이지요."

"그게 그거 아닙니까?"

"하지만 다른 사람이 했다는 증거가 있다면, 과연 어떨까요?"

검사의 눈썹이 꿈틀거렸다.

"그게 사실입니까?"

"제가 왜 거짓말을 합니까?"

"무슨 말도 안 되는 소리를……."

검사는 항변하려고 했다.

하지만 방청석에 앉아 있던 기자들은 이미 눈을 번쩍거리고 있었다.

'이런 염병할.'

이번 사건은 그 잔혹성 때문에 국민들이 많은 관심을 가지고 있다. 그래서 어떻게 해서든 이송학을 처벌하려고, 그것도 최대한 강하게 처벌하려고 했다.

그래야 검찰도 체면이 살고, 자신도 스타 검사로 이름 좀 날릴 수 있으니까.

'그런데 다른 사람이 했다는 증거가 있다고?'

이건 그냥 자신들이 제대로 수사하지 않았다고 욕먹는 정도가 아니다.

그가 이송학에게 구형한 건 '사형'.

심지어 1심에서 구형대로 확정되기까지 했다.

그런데 이제 와 진범이 있는 것이 알려져 뒤집어진다면, 국민들이 도대체 무슨 생각을 할까?

아마도 검찰이 제대로 수사도 하지 않고 엉뚱한 사람에게 죄를 뒤집어씌워서 죽이려 든 것으로 보겠지.

"피고인 측 변호인, 아무리 다급해도 거짓말을 해서는 안 됩니다. 다른 사람이 했다는 증거가 있다니요."

코웃음을 치는 검사의 말에 노형진은 피식하고 웃었다.

"과연 그럴까요?"

노형진의 말 한마디에 모든 기자들의 시선이 쏠렸다.

'그래, 이래야지.'

사실 이런 증거는 이미 내놨어야 한다. 그래야 심사하고 제대로 사건을 진행할 수 있다.

하지만 그건 어디까지나 순서의 문제다.

이미 이송학이 인민재판을 받은 상황.

그걸 뒤집기 위해서는, 검찰을 기자들 앞에서 무너트려야 한다.

"흠…… 피고인 측 변호인, 그런 증거가 있다면 당연히 내놔야지요."

"당연히 내놔야지요. 하지만 그 전에 증인을 한 명 불러도 되겠습니까, 판사님?"

"증인?"

"그렇습니다."

"사전에 신청이 안 되어 있습니다만?"

"증인의 위치를 특정할 수 없어서 신청하지 못했습니다. 하지만 다행히 오늘 이 자리에 나왔네요."

동시에 노형진의 시선이 한쪽으로 향했다. 그리고 방청석에 앉아 있는 봉규태와 눈을 마주쳤다.

"저요?"

어리둥절한 표정으로 말하는 봉규태.

"피고인 측 변호인, 그 사람은 피해자의 가족입니다. 가족은 괴롭히지 마시지요?"

"가족이 증인이 되지 말라는 법은 없습니다."

"하지만 가뜩이나 힘든 사람을……."

검사는 마치 가족을 배려해 주려는 듯 그를 편들어 줬다.

하지만 판사는 상당히 곤란한 얼굴을 했다.

"그의 증언이 꼭 필요합니까?"

"그렇습니다."

"하지만 일단 신청도 안 되어 있는 상황이고……."

"지금 안 된다면 나중에 정식으로 신청하도록 하겠습니

다. 하지만 그 증거 역시 나중에 공개하겠습니다."

판사는 검사와 봉규태를 바라보았다.

"검사는 어떻게 생각합니까? 좀 특수한 경우인데."

"유가족의 의견이 우선시되어야 한다고 생각합니다."

검사 입장에서는, 어차피 신청하면 다음에 나와서 증언을 해야 하기 때문에 마냥 안 된다고 할 수는 없었다.

거기에다 중요한 증언이라고 하니까.

"그래요?"

판사는 봉규태를 바라보았다. 그리고 조심스럽게 입을 열었다.

"유가족분, 증언하실 수 있겠습니까?"

"어…… 거부할 수도 있나요?"

"그렇습니다."

"그러면 거부하겠습니다."

그가 거부하자 검사는 피식하고 웃었다.

아니나 다를까, 자신의 말대로 되어 갔기 때문이다.

물론 노형진 역시 예상했던 일이었다.

"재판장님, 그러면 여기서 유가족인 봉규태에 대한 증인 신청을 요청하는 바입니다. 사건과 관련해서 중요한 증인 신청이므로, 강제적인 증인 결정을 해 주시기 바랍니다."

노형진은 이미 준비한 증인 신청서를 내놨고, 그걸 보고 판사는 입맛을 다셨다.

이러면 봉규태가 당장은 증언을 거부한다고 해도 다음 재판에는 나와서 증언할 수밖에 없다.

"유가족 측, 오늘 안 해도 어차피 다음 재판 때 나와서 증언을 해야 합니다. 괜찮다면 그냥 오늘 하시지요."

"그런가요?"

"만일 증언을 거부하고 출석하지 않으면 처벌 대상이 됩니다. 물론 증언거부 사유서를 제출하신다면 괜찮기는 합니다만……."

형사사건에서 증언은 상당히 강제적인 부분이 있다.

하지만 그 증언이 개인의 권리를 침해하는 것이거나 하지 못할 사유가 있다는 것을 고지하면 거부할 수는 있다.

물론 고지하지 않은 채 출석하지 않거나 증언을 거부하면 과태료를 내야 하지만.

"으음……."

봉규태는 눈을 살짝 찡그렸다.

자신이 어디에 있는지 몰라서 증언 신청을 못 했다지만, 현장에서 고지받은 이상 다음번에 안 나올 수는 없다.

"알겠습니다. 그러면 지금 하겠습니다."

봉규태는 고개를 끄덕거렸다.

"알겠습니다. 검찰 측, 동의하십니까?"

"동의합니다."

어떤 상황인지 알아야 대응할 수 있기 때문에 검사도 고개를 끄덕거렸다.

“증인, 그러면 앞으로 나오세요.”

봉규태는 앞으로 나왔고 증인석에서 선서를 했다.

그 모습을, 기자들은 긴장한 눈빛으로 바라보았다.

“증인.”

가장 먼저 증인신문에 나선 것은 노형진이었다.

입을 여는 노형진을 뚫어져라 보며, 봉규태는 침을 꿀꺽 삼켰다.

‘긴장되겠지.’

노형진이 진범에 대한 이야기를 했다. 그리고 자신을 증인으로 삼았다.

그러니 아무래도 켕기는 것이 있을 수밖에 없다.

‘하지만 도망갈 수는 없지.’

여기서 도망간다는 것 자체가 내가 진범이라는 걸 인정하는 꼴이다.

그러니 도망도 못 가고 여기까지 나온 것이다.

‘그러면 일단 크게 한번 나가 볼까?’

노형진은 심호흡을 했다. 그리고 천천히 봉규태에게 질문을 던졌다.

“증인, 이번에 사망한 아이가 증인의 아이가 아니라는 사실을 알고 있었습니까?”

“뭐라고!”

“잠깐, 그게 무슨 말이야?”

술렁거리는 기자들. 그리고 깜짝 놀라서 벌떡 일어나는 검사.

"피고인 측 변호인! 지금 유가족한테 무슨 말을 하는 겁니까!"

"여기는 증인석이지 유가족석이 아닙니다. 증인석으로 나온 이상 진실을 말해야 합니다."

노형진은 검사의 말을 자르고 다시 봉규태를 바라보았다.

"증인, 대답하세요. 친자녀가 아니라는 사실을 알고 있었습니까?"

"그……."

전혀 예상하지 못했던 질문이라서 그런지, 봉규태는 대답을 못 했다.

'그렇지, 못 하겠지.'

경찰이 유전자 검사를 한 것도 아니니, 누구도 의심하지 않았다. 그러니 다들 당연히 친자녀라고 알고 있었다.

'아마 나도 미래를 몰랐다면 몰랐겠지.'

"그럴 리 없습니다."

"그래요?"

"그 아이는 제 아이가 맞습니다. 제가 사랑하는 제 딸이란 말입니다!"

격하게 흔들리는 눈동자. 그리고 터져 나오는 절규.

그걸 보면서 다들 노형진을 속으로 욕했다.

'아무리 그래도 그렇지, 어떻게 저런 질문을 던져?'

'노 변호사가 요즘 감 떨어진 건가?'

자녀를 잃은 부모에게 가혹한 질문을 한 노형진에게 사람
들이 마음속으로 잔뜩 욕하는 그때였다. 노형진이 봉규태에
게 다른 질문을 던졌다.

"하지만 증인은 무정자증 아닙니까? 익명의 증언에 따르
면, 증인은 무정자증이라 아이를 아예 가질 수 없는데요."

"뭐!"

"그게 무슨!"

기자들 사이에서 경악성이 터져 나왔다.

희소 정자증도 아니고 무정자증이라면 아이를 가지는 것
은 불가능하다.

"그…… 그럴 리가요!"

"증인은 이미 2년 전에 병원에서 진단을 받으셨습니다. 안
그런가요?"

"……."

봉규태의 눈이 격하게 흔들렸다. 그리고 한참 침묵을 지키
다가 힘겹게 입을 열었다.

"제가 가슴으로 낳은 아이입니다. 그런 말씀 하지 말아 주
세요."

'그렇지, 이렇게 나와야지.'

무정자증인 걸 노형진이 아는 이상 거짓말은 안 된다고 생
각했는지 말을 바꿨다. 하지만 그게 봉규태의 실수였다.

"아이의 나이는 다섯 살입니다. 그리고 증인이 무정자증

인 걸 안 것은 2년 전이지요. 가슴으로 낳은 것치고는 너무 빨리 낳았습니다만?"

"허?"

희생자가 불륜을 저질렀다는 이야기가 튀어나오자 기자들은 놀라면서도 눈을 반짝거렸다. 여기서 아주 흥미로운 냄새를 맡은 것이다.

"나중에 알았지만…… 그래도 인정하기로 한 겁니다. 그 부분은 아내와 이야기도 했고요."

"아, 일종의 사후 승인을 했다는 거군요."

"네. 어차피 저는 아이를 가질 수 없는 몸이고, 아내는 이미 과거의 남자와 연을 끊었으니까요. 우리 아이처럼 키우기로 했습니다."

이 말은 이미 죽은 피해자가 되살아나 긍정해 주지 않는 한은 모를 일이다. 그러니 증명할 수는 없다.

"그래요? 그런데 보험은 왜 들었습니까?"

"보험요?"

"그렇습니다. 아이가 친자녀가 아니라는 사실을 알고, 아이와 사망한 아이 어머니의 보험을 들었던데요? 사망 이후 총보험료가 무려 15억이던데요."

다들 어리둥절한 표정이 되었다.

"혹시 이거 알았던 사람 있어?"

"어? 전혀 몰랐는데!"

기자들은 당혹감을 감추지 못했다.

사실 보험 가입 자체가 개인 정보여서 나오지도 않는 것이니까 기자들이 모를 수도 있다.

물론 경찰이야 당연히 그런 걸 조사했어야 하지만, 그들은 이송학이 범인이라 확신하며 이쪽으로는 전혀 아무것도 조사하지 않았으니까.

"그건 미래를 위해서……."

"사망보험금이 미래를 위한 투자인가요? 거기에다 보험료도 상당히 많던데. 한 달 임금의 절반 이상을 보험료로 납부하는 건 너무 무리 아닌가요? 보험금도 이미 받아 가셨네요."

"……."

노형진의 질문이 계속될 때마다 봉규태와 검사의 얼굴은 심각하게 일그러졌다.

봉규태야 자신이 핀치에 몰려서 그런 거지만, 검사는 자신의 무능이 기자들 앞에서 적나라하게 드러나고 있었기 때문이다.

"제가 보험을 든 것이 잘못입니까? 최소한 전 제 아내와 아이를 죽이지 않았습니다. 저 살인마 놈이 죽였단 말입니다!"

상황을 반전시키기 위해, 이송학을 노려보면서 입술을 깨무는 봉규태.

순간 사람들 사이에서 침묵이 흘렀다.

확실히 그렇다. 이번 사건에서 모든 증거는 이송학을 가리키고 있다.

"범죄자를 변호하려고 나를 몰아붙이는 모양인데, 나 당당합니다! 애초에 그때 여기에 있지도 않았습니다. 부산에 있었지요!"

추정 사망 시, 그는 현장에 없었다.

"저 망할 살인마가 내 가족을 죽였단 말입니다!"

왠지 숙연해지는 분위기.

하지만 노형진은 그가 무슨 말을 하든 들은 척도 하지 않았다.

"그러면 다른 질문을 하죠. 본인 핸드폰 있습니까?"

"핸드폰요?"

"네."

"당연히 있지요."

"그걸 좀 주시겠습니까?"

노형진의 말에 봉규태는 엉겁결에 핸드폰을 건넸다.

그걸 받아 든 노형진은 씩 웃었다.

"재판장님, 이 핸드폰을 증거로 제출합니다."

"에?"

"뭔 개소리야?"

방금 넘겨받은 핸드폰이다. 그런데 그걸 왜 증거로 제출한단 말인가?

"뭐가 문제가 되나요?"

노형진은 빌려 달라고 하지 않았다. 그냥 달라고 하고 핸드폰을 넘겨받았다.

그러니 증거로 쓰는 데에 문제는 없다만.

"피고인 측 변호사, 그게 무슨 의미가 있습니까? 통화 기록이라도 확인해 보려고요? 그러면 통화 기록을 확인해 제출해야지, 핸드폰을 왜 제출합니까?"

"장난치지 말고 돌려주세요!"

"피고인 측 변호인, 너무한 거 아닙니까?"

증인만이 아니라 방청객들도 노형진에게 목소리를 높였다.

하지만 그는 핸드폰을 번쩍 들어 보이며 당당하게 말했다.

"이 안에 사건의 진실이 담겨 있기 때문입니다."

"사건의 진실?"

"그렇습니다. 재판장님, 증거로 인정해 주시면 여기서 시연해 드리겠습니다."

"설마, 살해 장면이라도 찍혀 있다 이겁니까?"

판사가 바보도 아니고, 이쯤 되면 노형진이 증인인 봉규태를 살인범으로 보고 있다는 것을 모를 수가 없었다.

하지만, 진실이라니?

"재판장님, 이미 유가족의 통화 기록은 제출했습니다."

"저는 인정 못 합니다! 빨리 그거 돌려주세요!"

코웃음을 치는 검사. 그리고 왠지 핸드폰을 돌려받으려고 안달하는 봉규태.

"음……."

판사는 잠깐 고민했다.

당혹스러운 경우이기는 하지만 법적으로는 문제없다.

분명히 달라고 했고, 자발적으로 줬다.

노형진은 그런 상황에서 봉규태에게 카운터를 날렸다.

"어차피 재판이 끝나면 돌려드릴 겁니다. 그런데 왜 그렇게 서두르십니까? 이 안에 들켜서는 안 되는 뭐라도 있나요?"

"그건 아니지만……."

"재판장님, 이건 이번 재판에 쓰고 바로 돌려드릴 예정입니다. 증거로 일단 채택해 주십시오. 의미가 없다면 돌려드리겠습니다."

"알겠습니다. 인정하겠습니다."

판사는 고개를 끄덕거렸다.

길어 봐야 한 시간이다. 그 안에 뭘 하든 쓸 일은 없다.

애초에 재판정 안에서는 핸드폰을 끄는 것이 원칙이다.

"당장 돌려주세요!"

더군다나 뭔가 켕기는 것이 있는지 봉규태가 끈질기게 당장 핸드폰을 달라고 하는 것도 이상했다.

"증인, 이따가 줄 겁니다."

판사의 말에 봉규태는 어쩔 수 없다는 듯 다시 자리에 앉았다.

다행히도 그의 핸드폰은 패턴 잠금이 되어 있지 않았기 때문에 슬쩍 터치하는 것만으로도 화면이 보였다.

"역시나."

"왜 남의 핸드폰을 가져갑니까?"

불편스러운 표정으로 툴툴대듯 말하는 검사.

노형진은 그런 검사의 말을 무시하면서 판사를 바라보았다.

"재판장님, 이 핸드폰의 사용을 위해 전문가를 잠깐 부르겠습니다."

"전문가?"

"그렇습니다."

"무슨 전문가인데요?"

"보일러 설치 기술자입니다."

갑자기 얼굴이 사색이 되는 봉규태.

판사는 갑자기 파리하게 변하는 그의 얼굴색을 보고는 고개를 끄덕거렸다.

"잠깐 나와서 도와주시겠습니까?"

노형진의 말에 방청석에 앉아 있던 한 남자가 다가와서 핸드폰을 가지고 뭔가를 조작했다. 그리고 다시 제자리로 돌아갔다.

"재판장님, 저는 지금 이 핸드폰에 어떠한 기능을 되살렸습니다. 그리고 그 기능을 이용해서 뭔가를 조작하려고 합니다."

"뭘요?"

"그걸 위해 현장과의 연결을 허락해 주십시오."

"현장이라……. 살인 현장 말입니까?"

"그렇습니다."

"거기에 누가 있나요?"

"그렇습니다."

"허락합니다. 하지만 모든 내역은 우리가 확인할 수 있어야 합니다."

"알겠습니다."

노형진은 자신의 핸드폰 화면을 재판정에 있는 모니터에 연결해 띄웠다. 그리고 영상통화로 상대방을 불렀다.

"손채림 씨, 현장에 있나요?"

─그렇습니다. 현장입니다.

화면에 보이는 것은 살인 사건이 벌어진 현장이었다.

그곳에서 손채림은 촬영기사와 경찰로 보이는 사람들과 함께 있었다.

"준비는 끝났지요?"

─네.

"지금 뭐 하는 겁니까?"

판사의 질문에 노형진은 봉규태를 차갑게 바라보았다.

"피고인 이송학이 살인을 하지 않았다는 증거는 없다고 아까 말씀드렸잖습니까? 하지만 다른 사람이 했다는 증거는 있다고도 말씀드렸지요."

"그래서요?"

"그걸 증명하는 겁니다."

노형진은 바로 봉규태의 핸드폰을 들어서 작동시켰다.

그러자 손채림은 자신의 핸드폰 카메라를 어딘가로 들이밀었다.

"어?"

"저게 뭐야?"

그곳에서 작동하는 것, 그건 다름 아닌 보일러 버튼이었다.

정확하게는, 보일러 컨트롤러였다.

"재판장님, 이 보일러 컨트롤러를 이용해 보겠습니다. 온도를 올려 보죠."

그 말이 떨어지기 무섭게 화면에 나오는 컨트롤러의 희망 온도가 35도까지 올라갔다.

"다시 내려 보겠습니다."

그리고 다시 내려가는 온도.

그건 15도까지 내려가고 나서야 멈췄다.

"전원을 꺼 보지요."

그러자 화면의 보일러는 전원이 꺼졌다.

"그리고 다시 켜 보겠습니다."

그리고 화면에서 나오는, 전원이 켜지는 보일러 컨트롤러의 모습.

"뭐야? 어떻게 된 거야?"

"저쪽에서 조절하는 거 아냐?"

"하지만 화면에 보이잖아? 누구도 건드리지 않았다고!"

누군가 현장에서 컨트롤러를 조정한 거라면 버튼을 누르는 모습이 보여야 한다.

"어떻게……."

검사는 입을 딱 벌렸다.

그리고 봉규태는 얼굴이 완전히 사색이 되어서 와들와들 떨고 있었다.

"어떻게 된 겁니까?"

판사는 이해가 가지 않는다는 듯 화면을 바라보며 물었다.

"재판장님이 직접 조작해 보시겠습니까?"

"내가요?"

"재판장님이 조작하시면 그쪽에서 어떤 온도를 원하는지 모르지 않습니까?"

"아, 그렇겠군요."

현장에서 조작한다는 의심을 피하기 위한 방법이었다.

재판장이 자신이 원하는 온도를 말하지 않고 이곳에서 원격으로 조작한다면, 저쪽에서 누군가 보일러를 조작하고 있다고 해도 그걸 맞힐 가능성은 희박하다.

"으음……."

아니나 다를까, 판사가 핸드폰을 움직일 때마다 온도는 오르락내리락했고, 심지어 외출 모드나 목욕 모드로 변경되기도 했다.

"어떻게 한 건지 모르겠군요. 정확하게 내가 움직이는 대로 움직입니다."

"이게 뭐야?"

"야, 이거 뭐야?"

"무슨 마술이야?"

기자들은 어리둥절해서 그걸 보고 있었고, 봉규태는 당장이라도 뛰쳐나갈 듯한 모습이었다.

"특수한 장비를 이용한 컨트롤러입니다."

"특수한 장비?"

"그렇습니다. 아직은 대중화되지 않았습니다만, 간단한 장비를 보일러에 연결하면 외부에서 보일러를 끄거나 켤 수 있습니다. 그뿐만이 아닙니다."

노형진의 말을 듣고 있었는지 화면이 돌아가는 듯하더니, 에어컨을 비췄다. 에어컨 설정 역시 핸드폰의 조절에 따라서 움직였다.

"이런 걸 '사물 인터넷'이라고 합니다. 상당히 많이 개발되었습니다. 물론 대부분의 사람들에게 익숙하지 않고 지금으로서는 그다지 효용성이 없어서, 아직 거의 사용하지 않습니다만."

노형진은 봉규태를 바라보았다.

"IT 기술자인 증인은 잘 알고 있을 것 같은데요?"

"그럴 리 없어! 저건 조작이야!"

봉규태의 절박한 외침.

하지만 노형진은 그런 그를 보면서 차갑게 말했다.

"조작이 아니지요. 비록 당신이 앱을 지웠을 테지만요."

노형진은 그를 보면서 천천히 입을 열었다.

"앱을 지웠다고 해도 등록 정보는 남습니다. 쉽게 표현하자면, 다들 핸드폰에서 게임을 지웠다가 다시 깔아 본 경험이 있으실 겁니다. 그러면 다시 로그인 하지 않아도 원래 계정으로 들어가지요. 마찬가지입니다. 증인이 핸드폰에서 보일러와 에어컨을 조종하는 앱을 지웠다 해도, 그 등록 정보는 남아 있었습니다. 그걸 간단하게 연결만 하면 현장의 물건을 작동시킬 수 있지요."

"아니야! 재판장님! 절대 아닙니다!"

봉규태는 소리를 지르기 시작했다.

하지만 이미 사람들의 눈에는 뜨악한 기색이 가득 차 있었다.

"그게 왜 중요하지요? 증인이 집에 가기 전에 미리 작동시켜서 따뜻하게 해 놓고 싶어서 깔았을 수도 있는데."

"그렇지요. 그럴 수도 있습니다. 보통 그게 정상이고요."

노형진은 검사의 말에 살짝 긍정해 줬다.

하지만 그렇다고 해서 그가 이긴 건 아니었다.

"하지만 온도가 바뀌면 상황이 바뀌기 마련이지요."

"으음……."

노형진의 말에 눈이 떨리는 검사.

"피고인 이송학이 현장에 있었던 것은 시체가 발견되기 2주 전입니다. 그리고 검시 결과, 희생자들이 사망한 걸로 추정되는 시기도 2주 전이지요."

노형진은 자리로 돌아가서 한 장의 서류를 꺼냈다.

"재판장님, 여기 참고 자료로 온도에 따른 시체의 변화에 대한 논문을 제출합니다. 애석하게 담당 연구자는 한국인이 아니어서 출석해 주지는 못했습니다만, 이 기록을 기반으로 국과수에 질의하면 답을 줄 겁니다."

자료를 흔들면서 노형진은 사람들을 바라보았다.

"이 자료에 따르면 주변의 온도가 변화하면 시신의 부패 속도도 변한다고 되어 있습니다. 즉, 온도에 따라 시신의 상태가 변화한다는 뜻인데, 이러한 사실 때문에 현장에서의 온도를 확인하는 것이 상당히 중요하다고 합니다. 그리고 현장에서 보일러는 꺼져 있었지요. 그런데 중간에 누군가 에어컨과 보일러를 마음대로 통제해서 시신의 상태를 조작했다면 어떨까요?"

사람들의 시선이 봉규태에게 향했다.

봉규태는 이미 혼이 나간 표정으로 멍하니 앞만 바라보고 있었다.

"당연히 추정 사망 시각을 조절할 수 있겠지요."

"그건……."

"봉규태는 3주간 부산에 있었습니다. 그래서 용의자 목록에서 최우선적으로 빠져나갔습니다. 안 그런가요?"

그리고 온도를 조절할 수 있는 앱이 그의 핸드폰에 깔려 있었다.

"재…… 재판관님…… 이건 누명입니다. 누명이에요. 저 인간이 죽인 겁니다. 제가 아니라…… 저놈이 살인범이에요……."

덜덜 떨면서 말하는 봉규태.

하지만 노형진은 이미 그가 빠져나갈 구멍을 다 확인하고 있었다.

"재판장님, 두 사망자 중 핸드폰을 가진 사람은 어머니뿐이었습니다. 하지만 저희가 확인한 바로는, 그녀의 핸드폰에는 보일러와 에어컨을 통제하는 앱이 깔린 적 없습니다. 그런데 전혀 모르는 제삼자가 그 앱에 접근해서 통제할 수 있을까요?"

"그……건……."

"증인, 증인도 알지요?"

노형진은 그의 핸드폰을 흔들었다.

이미 무너지고 있는 그를 완벽하게 무너트리기 위해서.

"당신은 앱을 지웠을지 모르겠지만, 보일러와 에어컨에는 모든 로그 기록이 남습니다. 전자 기기란 그런 거니까요. 그걸 분석해 보면 당신 핸드폰과 일치할 것 같은데요. 그렇게 생각하지 않으십니까?"

"……."

"그리고 저 보일러와 에어컨에 설치된 조절 장치를 검사해 보면 당신 지문이 나올까요, 아니면 피고인 이송학의 지문이 나올까요?"

"크흑······."

봉규태는 고개를 푹 숙였다.

그사이, 생각지도 못한 방식으로 한 방 크게 얻어맞은 검사는 입을 쩍 벌리고 이쪽을 바라보고 있었다.

'시대가 바뀌는데 공부 좀 하지?'

사물 인터넷이라는 것은 단순히 편리하기만 한 것이 아니다. 알리바이와 증거를 조작할 수 있는 힘이다.

그런데 그런 걸 공부할 생각도 하지 않고 과거의 방식만 따르니 결국 범인의 함정에 빠질 수밖에.

"증인은 아이가 자신의 자녀가 아니라는 사실을 알고 분노했을 겁니다. 그리고 복수할 생각을 했겠지요. 하지만 자신이 직접 손썼다는 증거가 남을 걸 두려워했을 겁니다. 그래서 두 피해자를 죽인 후, 외부에서 온도를 조절하여 사망 시기를 속이려고 했을 겁니다. 피고인 이송학은 단지 잘못된 시간에 잘못된 장소로 들어갔을 뿐입니다. 이상입니다."

노형진은 질문과 변론을 마치고 자리로 돌아갔다.

검사는 여전히 입을 쩍 벌린 채 어쩔 줄 몰라 하고 있었다.

"검사····· 신문하겠습니까?"

보다 못한 판사가 묻자, 검사는 그제야 아차 하는 표정을 지었다가 고개를 숙였다.

"아닙니다."

이러한 변론을 깨기 위해서는 과학적 준비가 필요하다. 이 상황에서 뒤집을 수 있을 리가 없다.

애초에 절망한 듯 고개를 푹 숙이고 있는 봉규태를 보면 사실 그럴 필요도 없을 듯했다.

"알겠습니다. 이번 재판은…… 추가적인 증거를 검토하기 위해 변론 기일을 다시 잡겠습니다. 그리고……."

판사는 증인석에 혼이 나간 듯 앉아 있는 봉규태를 바라보았다. 그리고 천천히 입을 열었다.

"증인 봉규태는 살인의 혐의가 있는 만큼 긴급체포 합니다. 검사는 정식으로 구속영장을 신청해 주시기 바랍니다."

그렇게 누구도 생각하지 못한 반전이 법정에서 이루어졌다.

⚖️

"감사합니다, 흑흑흑……."

이송학은 여전히 수갑을 차고 있었다. 하지만 그는 노형진의 손을 잡고 눈물을 흘리며 연신 감사 인사를 했다.

"살인죄는 벗었지만 가중처벌은 피할 수 없습니다."

"그것으로 충분히 족합니다. 제가 받을 벌이었으니까요."

눈물을 뚝뚝 흘리는 이송학.

그가 도둑질을 한 것은 사실이니 법률에 따라 절도죄로 처벌받아야 하는 것은 어쩔 수 없는 현실이었다.

"그래도 변호사님 덕분에 전 살았습니다, 흑흑흑."

"다행히 검찰 측에서 사정을 봐줘서 이번에는 금방 나올 겁니다."

노형진은 이송학을 다독거렸다.

원래 특정범죄가중처벌 위반이 적용되어야 하는 상황인데, 검찰은 아무래도 강간·살인죄를 뒤집어씌울 뻔한 것이 미안했는지 단순 절도로 처리해 줬다.

물론 전과가 있으니 실형을 아예 피하지는 못하겠지만, 몇 년씩 수감되지는 않을 것이다.

"아버지 수술도 잘되었다고 하니까, 나오면 다시는 그런 짓 하지 말고 착실하게 살아가세요."

"그러겠습니다. 또다시 그런 일을 벌인다면 제가 천하의 개쌍놈입니다."

죽다 살아난 이송학은 눈물을 멈추지 못했다.

"저희는 이만 가 보겠습니다. 건강 잘 챙기시고요."

노형진은 이송학의 손을 가볍게 두들겨 주고 손채림과 함께 바깥으로 나왔다.

손채림이 커다란 철문을 올려다보면서 중얼거렸다.

"다행이기는 한데, 진짜 미친놈 아니었냐?"

"제정신이 아니기는 했지."

봉규태는 결국 모든 죄를 인정했다.

애초에 처음부터 모든 범죄를 준비했던 것도, 그리고 죽인 것도 다 인정했다.

심지어 강간할 때 흔적이 남는 것이 두려워 성인용품을 따로 사서 이용하기까지 했다.

그야말로 완벽한 계획범죄였다. 단 한 가지만 빼고.

"아마 이송학이 거기에 가지 않았다면 사건은 그냥저냥 묻혔을 테지."

그는 3주 전에 이미 부산으로 갔다. 그리고 기록상 피해자들은 2주 전에 죽었다.

그러니 경찰은 어떤 식으로도 이송학을 연결하지 못했을 테고, 아마도 범인이 누군지 모를 미결 살인 사건으로 남았을 것이다.

"경찰이 국과수를 동원해서 보일러를 뜯어 볼 생각까지 하지는 않았을 테니까."

"그러니까."

하지만 안 좋은 곳에 안 좋은 시간에 들어간 이송학이 있었고, 그건 봉규태도 마찬가지였다.

"어째 범죄 방식은 점점 더 발달하는데 검찰이랑 경찰은 그대로네."

손채림은 한숨을 푹 쉬었다.

"우리는 변호사지 과학수사 팀도 아닌데, 우리보다도 발전이 느리면 어쩌자는 거야?"

"어쩔 수 없지. 저들은 공무원 조직이니까. 우리가 먼저 앞서가야지."

그럴수록 그들도 더 많은 걸 배우고 더 많은 범죄자들을 잡을 수 있을 것이다.

"그나저나 어떻게 안 거야? 진짜 원격조종 보일러라는 건 꿈에도 생각 못 했다."

"사진에 찍혀 있는 게 이상해서."

"응?"

"최소 2주는 빈집이었어야 하잖아. 그런데 난방비가 너무 많이 나왔어. 거기에다가 전기세도 많이 나왔고. 상식적으로 말이 안 되거든."

"그것만 보고 원격조종 했다는 걸 안 거야?"

"뭐, 우연이지. 이상하다고 생각하는 찰나에, 얼마 전 과학 채널에서 봤던 사물 인터넷 이야기가 떠올랐거든. 이미 실용화되었다고 하기에 알았지."

"으아, 머리 아퍼. 나는 과학이 싫어서 문과로 갔는데 말이지."

손채림은 머리를 부여잡았다.

"이과를 갈 걸 그랬나."

"아…… 이과 극혐."

노형진의 반쯤 농담 섞인 말에 손채림은 그의 옆구리를 찔렸다.

"문과라서 참 문송하네요."

"크크크."

노형진은 돌아가면서, 진짜 이과 계열 전공자를 회사로 들
여야 하나 심각하게 고민했다.

왜 해보칼 수가 엄서

사건을 끝낸 후 노형진은 짧은 휴식을 즐기려고 했다.

사실 쉴 계획은 없었지만, 본의 아니게 쉴 수밖에 없는 상황이었다.

"자네가 쉬지 않으면 다른 사람들이 눈치를 보지 않나."

"그럴 이유는 없지 않습니까?"

"그건 그렇지. 억압적인 분위기는 아니니까. 하지만 흐름이라는 것도 있지 않나?"

"쩝……."

송정한은 그가 너무 열심히 일하니 다른 변호사들 역시 쉬기를 꺼린다는 이야기를 했다.

사실 그것까지는 나쁘지 않다.

변호사야 자기가 일하는 만큼 버는 사람들이니까.

"하지만 변호사가 쉬지를 않으니 다른 직원들까지 못 쉬어."

"못 쉰다고요?"

"시스템상의 문제 아니겠나?"

"그건 그렇지요."

새론은 다른 변호사 사무실과 다르다.

변호사 한 명당 직원 두 명 정도의 팀으로 이루어진 구조다.

인건비가 많이 나오기는 하지만, 그 대신에 사건 처리량 역시 어마어마하게 늘어난다.

"하지만 변호사가 안 쉬면 다른 사람들도 못 쉬지."

"무슨 뜻인지 알겠네요."

사건 하나하나가 누군가의 인생이 걸린 일이다.

그러니 변호사가 쉬지 않고 일을 붙잡고 있으면 팀원들도 쉬겠다는 소리를 하지 못하는 것이다.

"변호사야 자기가 선택하는 거지만, 다른 사람은 아니야."

다들 일하는데 나만 쉬겠다고 하는 것은 참 미안하고 눈치 보이는 일일 수밖에 없다.

"솔선수범해서 일하는 모습만 보여서는 안 되네."

송정한의 말에 노형진은 고개를 끄덕일 수밖에 없었다.

일하는 것만큼이나 쉬는 것도 중요하다는 건 명확한 진실이니까.

"알겠습니다. 우선 제가 쉬도록 하지요."

그동안 제대로 쉰 적이 없었던 노형진인지라 정식으로 휴가를 가기로 했다.

그간 쌓인 연차와 월차만 해도 족히 한 달은 쉴 수 있지만 차마 그러지는 못하고, 그냥 일주일 정도만 쉴 예정이었다.

노형진의 휴가가 널리널리 알려지자 다들 좋아했다, 딱 한 사람만 빼고.

"으아, 심심해! 심심해!"

"심심하면 시집, 아니 장가를 가."

"지금 누나가 그런 말 할 처지야?"

노형진은 자신을 보면서 밥을 먹는 노현아를 보며 한숨을 쉬었다.

"왜? 뭘? 이럴 때 아니면 언제 쉬어?"

"아니, 언제는 일했나?"

"뒷바라지도 힘든 거다."

"그건 인정하지만."

살짝 배가 나온 노현아는 씩 웃으면서 노형진을 바라보았다. 그리고 노형진은 둘째를 가진 누나를 보면서 입맛을 다셨다.

"아오, 심심해."

"저거 언제 치우나."

심심하다고 온몸을 비틀어 대는 노형진을 바라보던 노문성은 혀를 끌끌 차며 말했다.

"아니, 제가 무슨 노총각도 아니고……!"

"옛날 같았으면 손주 봤을 나이다."

"아버지, 그건 뻥이 너무 심하십니다."

"어흠."

"하지만 너희 아버지는 네 나이에 너를 낳았지."

노형진의 어머니가 과일을 깎아 오면서 가차 없는 팩트 폭력을 행했다.

"알고 있어요. 사고 치고 결혼하셨던 아버지의 화려한 과거."

"알면서 너는 그 전통을 왜 안 지키냐? 네 누나는 잘만 지켰는데."

"허."

졸지에 전통이 되어 버린 황당한 가풍에 노형진은 고개를 흔들어야 했다.

"엄마! 허니문 베이비라고! 허니문!"

"글쎄다, 결혼식보다 일주일만 빨라도 그건 과속이라니까."

"아, 진짜! 허니문이라니까!"

"허허허."

티격태격하는 가족들을 보면서 노형진은 왠지 기분이 좋았다.

그럴 수밖에 없는 게, 지난번 생에서는 꿈도 꾸지 못한 삶이었으니까.

"자, 자, 우리 조카 출생의 비밀은 나중에 따지고."

"뭔 출생의 비밀이야!"

노형진을 타박하면서도 잽싸게 과일 앞으로 자리 잡은 노현아는 포크로 과일을 찍어 먹으며 중얼거렸다.

"아가야, 맘마 먹자."

"네가 먹는 거겠지."

"아니야. 아기가 먹고 싶은 거야."

"그렇다고 치자고."

일상적인 삶. 늘 꿈꾸던 그런 삶을 노형진은 즐겼다.

'그래, 어쩌면 내가 이번 삶에서 그렇게 노력한 것도 이런 삶 때문인지 모르지.'

워낙 일이 많아서 정작 이러한 삶은 즐기지 못한 게 웃긴 일이지만 말이다.

낙향해서 즐거운 삶을 살아가는 아버지와 어머니.

자신을 위해 여기까지 와 준 누나.

그리고 작은방에서 곤하게 자고 있는, 자신의 첫 조카.

'어쩌면 행복은 가까이에 있는 건지도 모르지.'

노형진이 미소를 지으면서 포크로 딸기를 찍는 순간이었다.

딩동, 딩동.

벨을 누르는 소리에 모두의 시선이 인터폰으로 향했다.

"누구십니까?"

노문성이 일어나서 인터폰을 켜자 그 너머에서 남자들의 목소리가 들려왔다.

―어르신, 안녕하십니까? 저희는 토지 거래 때문에…….

"어허, 이 사람들이 또! 안 판다니까요!"

―어르신, 그러지 마시고…….

"아, 시끄럽고, 안 판다니까요! 가세요."

문도 안 열어 주고 인터폰을 꺼 버리는 아버지.

하지만 상대방은 어떻게 해서든 들어올 생각인지 계속해서 벨을 눌러 댔다.

결국 보다 못한 아버지는 인터폰을 아예 내려놔 버렸다.

"무슨 일이에요?"

"자꾸 땅을 팔라고 성화다."

"땅요?"

"그래."

"무슨 땅요?"

땅이 없어서 묻는 게 아니다. 어디 땅인지 몰라서 묻는 것이다.

한두 곳이 아니니까.

"대전 쪽 땅을 팔라고 하는구나."

"대전 쪽요?"

"그래."

"흠……."

노형진은 눈을 찌푸렸다.

대전이라고 해도 여러 곳이겠지만…….

"어째서요?"

"그냥 팔란다, 잘 쳐준다고."

"파실 건 아니죠?"

"팔 리 없잖니? 다른 사람도 아니고 네가 알려 준 땅인데."

노형진은 미래에 대한 기억이 있다.

아무래도 변호사라는 특성상 매일같이 뉴스와 신문을 확인해야 했다. 시류를 읽지 않으면 도태되니까.

그래서 어떤 지역에 어떠한 재개발 호재가 있는지 다 알고 있었고, 그런 곳에 가족들과 함께 상당한 양의 땅을 사 놨다.

"대전 쪽이 개발되려는 모양인 것 같더구나."

노문성은 바보가 아니다.

어떻게 자신이 땅 주인인 걸 알아냈는지는 모르지만, 그들이 노리는 게 그 개발 예정 구역을 싸게 사는 것이라는 정도는 알아채고 있었다.

"절대 팔지 마세요."

노형진은 단호하게 선을 그었다.

정확하게 말하면 그 땅은 2년 후부터 개발이 들어간다.

그리고 5년 후부터, 지금보다 무려 마흔 배가 넘는 폭등이 이루어지는 곳이다.

그런 곳을 미쳤다고 팔 리 없다.

"팔 생각 없다."

노형진의 말에 노문성도 단호하게 답했다.

다른 건 몰라도 노형진의 투자에 대한 감은 그도 인정하는 바이니까.

"하지만 저놈들이 쉽게 포기를 안 하는구나."

노문성의 말에 노형진은 눈을 찌푸렸다.

"자기들이 어쩌겠어."

노현아는 딸기를 씹으면 창밖을 바라보았다.

아직도 만날 수 있을 거라 생각하는지 입구에 서 있는 세 명의 남자들.

"글쎄."

노형진은 왠지 모를 찜찜함에, 그들에게서 눈을 뗄 수가 없었다.

휴일의 기본은 당연히 뒹굴뒹굴하면서 보는 만화책이다.

노형진은 바닥을 데굴데굴 구르고 킬킬거리면서 만화책을 봤다.

노현아는 그런 노형진을 힐긋대며 딸의 머리카락을 땋아 주고 있었다.

"참 어리다."

"뭐 어때서?"

"나이가 몇인데 만화책을 보니?"

"내 나이가 뭐? 만화책은 남자에게는 평생의 동반자야."

"그래그래."

한심하다는 듯 바라보는 노현아의 시선을 노형진은 슬쩍 피하며, 미소를 떠올렸다.

남매의 이런 일상적인 대화조차 행복해서일까?

아니, 어쩌면 이러한 대화가 불가능했던 그런 삶을 살았기 때문일까?

하지만 그런 그의 작은 행복은 오래가지 못했다.

딩동딩동, 끊임없이 울리는 벨 소리.

노형진은 눈을 찌푸리면서 인터폰을 들었다.

"여보세요."

화면에 보이는 남자들.

노형진도 아는 사람들이었다.

정확하게는 한 명만 알고, 그 뒤에 있는 사람들은 모르지만.

ㅡ땅 사러 왔습니다.

"안 판다니까요."

며칠 전부터 끊임없이 찾아오는 인간들.

노형진은 당연히 팔 생각이 없다.

5년만 버티면 지금 가격의 마흔 배 넘게 받을 수 있는데 누가 땅을 팔겠는가?

그 순간.

쾅!

문을 부수는 듯한 소리와 함께 대문이 휘청거렸다.

"헉!"

"으에에엥!"

얼마나 소리가 컸던지 노현아는 자신도 모르게 아이를 품에 안았고, 놀란 아이는 엄마 품을 파고들면서 울어 젖혔다.

문을 발로 찬 남자는 인터폰으로 얼굴을 들이밀며 으르렁댔다.

─좋은 말 할 때 문 열어라, 이 존만아.

"뭐요?"

─문 열고 땅 팔라고.

"안 판다니까요."

─이 새끼가 죽으려고 환장했나?

노형진은 눈을 찌푸렸다.

그리고 노현아에게 손짓해서 아이를 데리고 안방으로 대피하게 했다.

다행히 아버지와 어머니는 일이 있어서 바깥으로 나간 상황.

"뭐 하는 짓입니까?"

─좋게 말로 하니까 귓구멍이 처막혔지? 내가 꼭 여기까지 와야 해?

온갖 폼을 잡으며 눈을 찌푸리는 남자를 보면서 노형진은 고개를 흔들었다.

'이 새끼들이 미쳤구먼.'

아무리 사람이 없는 시골 동네라고 하지만, 대낮에 이렇게 당당하게 찾아와서 땅을 팔라고 겁을 주다니.

"당장 가지 않으면 경찰 부르겠습니다."

—경찰? 불러, 이 새끼야! 부르라고!

쾅쾅거리면서 문을 발로 차는 남자들.

그걸 보며 노형진은 눈을 찌푸렸다.

'뭔가 있군.'

아무리 지역이라고 할지라도, 저런 행동을 하면서 경찰을 조금도 무서워하지 않을 수는 없다.

더군다나 딱 봐도 질이 안 좋은 녀석들이다.

그런데 경찰이라는 이름에 두려움조차 가지지 않는다?

"그러시다면."

노형진은 당장 핸드폰을 들어서 경찰을 불렀다. 그리고 시계를 확인했다.

"얼마나 걸리는지 두고 보자."

노형진은 아예 인터폰을 내려놓고 느긋하게 시계를 확인했다.

상대방은 그걸 아는지 모르는지 계속 문을 두들기면서 고래고래 문 열라고 고함을 질러 대고 있었다.

"형진아."

노현아가 얼굴이 사색이 되어서 다시 나왔다.

"어머니랑 아버지한테 전화해서 그놈들이 입구에 서 있다고, 들어오지 말라고 해."

"경찰은?"

"일단은 불렀지만……."

노형진은 시계를 흘낏 보았다. 그리고 씩 웃었다.

"안 올걸."

"뭐?"

사색이 되는 노현아.

노형진은 별거 아니라는 듯 손을 흔들었다.

"걱정하지 마. 저들이 정말 집 안에까지 들어온다고 해도, 패닉 룸이 있잖아."

"그건 그런데."

노형진은 혹시 모른다 싶어 집에 패닉 룸을 만들어 놨다.

자신이 변호사이니만큼 원한을 품은 사람이 있을 수도 있고, 어찌 되었건 아버지도 부자의 대열에 들어간 만큼 돈을 노린 강도가 들어올 수도 있으니까.

"우리한테는 손끝 하나 못 대. 그리고 카메라도 많으니까."

사실 담을 넘어서 들어오려고 했다면 이미 충분히 들어올 수 있었다.

저쪽은 인원만 일곱 명이다.

사람 키를 넘어서는 담이라고 하지만 그 위에 전기 울타리가 있는 것도 아니니, 넘으려고 마음만 먹으면 얼마든지 넘을 수 있다.

"그런데 왜……."

"겁주려고 하는 거야."

노형진은 코웃음을 치면서 말했다.

"우리가 안 팔려고 하니까 사람을 동원해서 겁주는 거지. 입구에서 저러는 건 처벌이 약하니까."

하지만 담을 넘는 순간부터 상당한 처벌이 이루어진다.

"아니, 왜……."

"글쎄."

노형진은 시큰둥하게 시계를 살폈다.

"30분 지났네."

아무리 시골이라고 하지만 경찰이 이렇게 늦게 올 리 없다.

"이거 확정적인 것 같은데?"

"뭐가?"

"아니, 저런 놈들이 하는 행동을 한두 번 본 게 아니니까."

노형진은 시계에서 다시 창밖으로 시선을 돌렸다.

이 시간이면 경찰이 이미 왔어야 한다. 그런데 경찰은 오지 않았다.

"어쩌지? 어쩌지?"

"아버지랑 어머니한테는 전화했어?"

"어…… 하기는 했는데……."

아무리 그래도 바깥에 저런 덩치가 서 있으면 불안할 수밖에 없다.

노형진은 피식 웃었다.

"걱정하지 말라니까."

"아니, 걱정을 어떻게 안 해!"

"아직 때가 아니거든."

"때가 아니라니?"

"내가 알아서 할 테니까 들어가서 쉬십셔."

노형진은 바깥에서 깽판을 치는 사람들을 무시하는 듯 노현아를 방으로 들여보냈다. 그리고 텔레비전을 보면서 느긋하게 시간을 보냈다.

상대방도 처음에는 발로 문을 차고 고함을 지르면서 깽판을 치다가, 안에서 반응을 보이지 않자 결국 포기한 듯 물러났다.

"너 다음번에 오면 눈깔 파 버린다! 알았냐, 이 개새끼야!"

그렇게 놈들이 천천히 멀어지자 그제야 저 멀리서 빛을 번쩍거리며 경찰차가 다가왔다.

신고하고 두 시간, 재촉 전화를 무려 네 번이나 한 후에야 출동한 것이다.

"죄송합니다, 시내에서 사건이 발생해서."

헐레벌떡 달려온 경찰은 미안한 듯 말했다.

노형진은 그런 그의 어깨를 두들겼다.

"세상이 엿 같지요?"

"네?"

"뭐, 경찰님 잘못이겠습니까? 위에서 까라면 까야지."

노형진의 말에 출동한 경찰들은 묘한 표정이 되었다.

"일단 출동하셨으니 접수는 받고 가시고……."

노형진인 성심성의껏 그들에게 사건을 설명했다.

사실 사건이랄 것도 없었다.

"처벌을 원하시나요?"

경찰은 수사 후 체포하면 처벌하겠느냐고 물었다.

노형진은 그런 그들을 보면서 되물었다.

"처벌은 하실 수 있어요?"

그런데 어쩐지 경찰들은 아무런 말도 하지 못했다.

"뭐, 일단은 원한다고 해 두죠."

"일단은?"

노형진이 한마디 할 때마다 경찰은 왠지 자괴감이 드는 표정이 되었고, 노형진이 더 이상 별말을 하지 않자 조용히 떠났다.

그 후에 집으로 돌아온 아버지와 어머니는 심각한 얼굴이 되었다.

"무력을 쓴 건 처음인데……."

노문성은 걱정스러운 얼굴이었다.

지금까지는 최소한 표면적으로는 정중하게 나오던 인간들이 갑자기 이렇게 폭력적으로 구니 어찌해야 할지 알 수가 없었던 것이다.

"당장 경찰에 신고해야 하는 거 아니냐?"

어머니는 걱정스럽게 말했다.

노형진은 고개를 흔들었다.

"아니요. 그래 봐야 소용없을 겁니다."

"어째서?"

"이미 신고해 봤잖아요. 그런데 경찰은 두 시간이 지나서야 왔지요."

"으음……."

아무리 시내에서 먼 곳이라고 해도, 그 정도로 오래 걸리지는 않는다.

그런데 실제로 그렇게 오래 걸렸다.

"설마 경찰과 그들이 작당했다고 생각하는 거니?"

"작당했다기보다는, 위에서 시키는 대로 하는 거죠."

노형진은 마치 예상했던 일인 것처럼 차분하게 말하고 있었다.

그 모습을 본 노문성은 고개를 갸웃했다.

"그게 무슨 소리냐?"

"누군가가 그 땅을 노리는 건 당연하죠. 곧 개발될 땅이니까."

"그게 확실한 거냐?"

"네."

그건 확실하다.

문제는 그 땅의 가치를 아는 사람이 아직 없다는 것이다.

'나만 빼고 말이지.'

노형진은 고개를 흔들었다.

자신이야 미래를 알고 있으니 그곳에 뭐가 들어올지도 안다.

그리고 그곳에 대한 개발계획은 아직 발표가 난 게 아니다.

그러면 어째서 누군가가 그 땅을 노릴까?

딱 봐도 저들은 조폭이다.

조폭까지 동원해서 땅을 노린다면, 그 땅의 발전 가능성을 안다는 거다.

단순 예측도 아니고, 확신한다는 것.

"그러면 누가 거길 노린다는 거냐? 아니, 애초에 그걸 아는 것 자체가……."

아는 사람은 없다.

노형진이야 투자의 귀재라는 걸 알고 있으니까 넘어간다고 해도 말이다.

"노리는 건 문제가 되지 않죠."

"노리는 게 문제가 아니야?"

"네. 그것보다는 경찰을 찍어 눌렀다는 게 중요한 겁니다. 여기서 중요한 건 조폭이 아니라 경찰이거든요."

노형진의 말을 다들 이해하지 못했다.

중요한 건 경찰이지 조폭이 아니라니?

"형진아? 우리는 너처럼 못 배웠다. 좀 쉽게 이야기해라."

"아, 죄송해요, 동료들이랑 이야기하던 게 버릇이 돼서."

노형진은 차근차근 가족들에게 설명했다.

"사실 저들이 조폭을 보내는 건, 어떻게 해서든 땅을 사려고 하는 사람이 쉽게 써먹는 흔한 방법입니다."

"설마."

"설마가 아니에요."

그냥 땅을 사는 게 아니다.

수십억?

아니다. 노형진과 노문성이 사 둔 그 지역 땅만 해도, 수익률만 따지면 수백억이다.

그러니 그걸 사려고 하는 인간이 기를 쓰고 덤비는 것도 당연하다.

"조폭은 돈만 주면 움직입니다. 더군다나 누구를 죽이는 것도 아니고 단순히 겁만 준다? 그건 전혀 어려운 일이 아니지요."

더군다나 대다수 조폭들은 가난하다.

그러니 이러한 일은 그들에게 주요 수입원이나 마찬가지다.

"그런데 경찰이 왜 중요하다는 거야?"

"돈만 주면 되는 조폭, 권력으로 찍어 눌러야 하는 경찰이라는 거지. 신고를 했는데도 몇 시간이 흐른 뒤에야 경찰이 출동했어. 그게 가능한 이유가 뭘까?"

그제야 다들 노형진이 무슨 말을 하는지 알아차렸다.

그런 게 가능하려면 노문성에게서 땅을 사려는 누군가가

경찰을 찍어 누를 정도의 강력한 힘을 가지고 있어야 한다는
뜻이다.

"그게 가능한 사람은 한정적일 텐데."

노현아가 칭얼거리는 딸내미를 다독거리면서 물었다.

다행히 아이는 아까와는 다르게 반쯤 안정적으로 잠이 든
상태였다.

"음......."

노문성의 얼굴은 더욱 심각했다.

그도 사회에 대해 잘 아는 사람이다.

노형진 덕분에 말년에 크게 성공했다고 하지만, 그게 사회
에 대해 모른다는 뜻이 되는 것은 아니다.

"내가 땅 주인인 것까지 알 정도라면 더욱 그렇지."

등기부 등본을 떼면 땅 주인에 대한 간략한 정보가 나온다.

하지만 말 그대로 '간략'할 뿐이다. 정확한 주소와 이름은
알 수 없다.

그런데 그들은 그걸 알아냈다.

"더군다나 형진이 네가 한 말에 따르면, 그 땅은 개발이
아직 미정이라며?"

"정확하게는, 발표가 안 된 거죠."

"그런데 그걸 알 수 있는 사람이 누가 있겠니?"

발표도 되지 않은 땅인데 그걸 누가 알고 사겠다고 달려들
겠냐는 것이다.

노형진이야 워낙 유명한 투자자이고 또 자기 아들이니까 자세하게 묻지는 않지만 말이다.

"알 만한 사람이 있죠. 저 위쪽에."

노형진은 손가락으로 하늘을 가리켰다.

가족들은 고개를 갸웃했다.

"저 위쪽?"

"네."

"무슨 소리니? 대통령이라도 나선다는 거냐?"

아무리 그래도 그건 억측이다.

대통령이 나중에 얼마나 문제가 되려고 조폭까지 동원한단 말인가?

애초에 대통령이면 그냥 싼 땅을 사서 개발해 버리면 되는 자리다, 개발지를 노리는 게 아니라.

"저 위에는 우리나라 모든 개발 정보를 쥐고 있는 분들이 있지요."

"뭐? 그런 사람이 있어?"

"사람이 아니라 단체야. 정확하게는 국토개발상임위원회."

"그게 뭔데?"

노현아는 그게 뭔지 모르는 듯 고개를 갸웃했다.

하긴, 정치에 관심이 없는 사람이라면 그런 조직에 대해서도 잘 모를 테니까.

"우리나라에는 정치위원회라는 것이 있어. 대다수 국회의원들은 그러한 위원회에 속해서 일종의 정책 결정 및 상호 견제를 하게 되어 있지."

무슨 위원회라는 것은 그 분야와 관련된 업무를 보는 단체다.

소위 '법사위'라 불리는 법제사법위원회는 법에 관해서, 문화관광위원회 쪽은 문화와 관광 쪽의 정책을 심사한다.

"그리고 권력자들이 가장 들어가고 싶어 하는 곳이 다름 아닌 국토개발상임위원회야. 줄여서 국상위라고 하지."

"그게 뭐 하는 곳인데?"

"대한민국의 모든 개발계획을 감찰, 관리하는 곳."

다들 얼굴이 굳었다.

전 국토의 개발계획, 그걸 다 관할하고 있는 곳이라니?

"생각해 봐. 전 국토야. 전 국토에 대한 개발계획을 그들은 다 알 수 있지. 내가 아까 뭐라고 했지? 그곳은 권력자들, 정치인들이 가장 들어가고 싶어 하는 곳이야."

그곳에 들어가면 수백억 정도 버는 것은 일도 아닌 것이다.

물론 법적으로 그건 금지되어 있다.

하지만 적당히 차명으로 사람을 보내서 깡그리 땅을 긁어 모으는 것은 어려운 일이 아니다.

"3선 이하는 그곳에 들어가는 건 꿈도 못 꿔. 3선이라고 해도, 권력에 접근하지 못한 국회의원도 못 들어가지."

말 그대로 핵심 세력만 들어가는 곳이다.

"으음……."

노문성은 신음을 흘렸다.

그들이라면 충분히 그 땅에 대한 정보를 얻을 수가 있다.
아니, 얻을 수밖에 없다.

"하지만 중요한 땅은 저와 아버지가 다 가지고 있지요."

노형진이 씩 웃었다.

그리고 노문성은 지금 문제가 뭔지 알아차렸다.

"애써 들어갔는데 수익이 없는 거군."

"네."

변호사라는 직업은 사회에 대해 잘 알아야 한다.

그래서 노형진은 회귀 전에 각 신문사별로 신문을 다 갖추
고 사회 이슈를 꼼꼼하게 살폈다.

그건 노형진뿐만 아니라 대부분의 변호사들이 그런 성향
을 가진다.

아는 만큼 보이는 법이니까.

그 덕분에 노형진은 소위 돈이 된다고 하는 대다수의 개발
건수를 기억하고 있었다.

"그들이 노리고 있는 곳은 거의 전부 우리가 가지고 있으
니까요."

노형진은 일찌감치 그 지역의 땅을 사들이기 시작했다.

물론 저들처럼 강제로 빼앗은 게 아니다.

매물이 나오는 대로 족족 사들였다. 그것도 시가의 두 배
가격으로 말이다.

그러니 팔 생각이 있는 사람들은 일찌감치 그 땅을 팔고 떠났다.

"지금이라도 가서 사면 되는 거잖아, 우리한테 이럴 게 아니라?"

노현아는 이해가 가지 않았다.

그녀야 잘 모르지만 아버지와 동생은 매물로 나온 것만 샀으니 아직 남은 땅이 있을 테니까.

"가진 사람은 있겠지. 하지만 팔 사람은 없어."

"어?"

"일단 가격이 올랐거든."

자신이 두 배를 주며 긁어모았다.

그 말은, 지금의 가격은 과거의 두 배 이상이 되었다는 것이다.

"그럼에도 불구하고 우리는 나오는 족족 사고 있지. 당연히 저들 입장에서는 자금이 부족해."

이 상태로는 원래 계획한 땅의 절반도 사지 못할 테니까.

"더군다나 세상에는 눈치가 빠른 사람이 있기 마련이거든."

돈이 필요하거나 노형진의 조건에 혹한 사람들은 팔고 떠났다.

하지만 일부 눈치 빠른 사람들은 이 땅에 호재가 있을 거라고 판단했을 것이다.

그렇지 않으면 두 배 이상씩 주고 살 땅이 아니니까.

"그 와중에 누군가 또 달라붙어서 산다고 해 봐. 그 사람이 과연 팔까?"

"아하!"

아마 개발 호재가 있을 거라는 의심이 확신으로 바뀔 테니, 절대로 팔지 않을 것이다. 정말로 돈이 급한 상황이 아닌 이상에야.

"결국 저들은 그곳에서 땅을 살 수가 없을 거야."

물론 수십 평 또는 몇백 평 정도의 땅은 살 수 있을지도 모른다. 하지만 진짜 돈이 되는 큰 땅은 손도 대지 못한다.

"그러니 우리를 노린다?"

"그래."

자신들이 가진 땅이 누구보다 더 많은 건 사실이니까.

노문성은 우려 섞인 얼굴이 되었다.

자신들이 땅을 사는 거야 문제가 안 된다. 하지만 상대방이 정치인이라면…….

"그들이 직접 땅을 사려고 한다는 거니?"

"아닐 거예요. 업무 중에 안 기밀을 이용해서 투기하는 것은 현행법상으로는 불법이거든요."

"하지만 지금 네가 땅을 노리는 건 정치인일 거라고 하지 않았니?"

"정치인이죠. 차명이라는 게 있잖아요."

"으음……."

"눈 가리고 아웅이에요."

국토개발위원회 위원 중에 차명으로 땅을 사지 않는 놈은 없다.

그런데 그들이 노리는 큰 건을 노형진이 모조리 쥐고 있으니 배알이 뒤틀릴 수밖에.

"아마 나에 대해서도 조사하고 있을걸."

"어째서? 아……."

아버지 노문성보다 더 많은 땅을 가진 사람이 바로 노형진이니까.

"내가 집에 없었으니 몰랐지, 아마 내가 집에 있었으면 거기에도 들이닥쳤을걸."

"이런……."

그 땅을 통째로 집어삼킬 수만 있다면, 아마 그들은 어마어마한 재벌이 될 것이다.

"그러면 어쩌지?"

노현아는 걱정스러운 표정이 되었다.

정치인들과의 싸움은 자신이 생각해도 너무 위험하니까.

"하여간……."

노형진은 창문 너머의 푸르른 하늘을 바라보았다.

"내가 쉬는 꼴은 죽어도 못 보지."

누군가에게 말한 그는 한숨을 푹 쉬며 일어났다.

"어쩌긴, 일해야지. 나는 진짜 왜 햄보칼 수가 엄서."

불타는 드라이브?

　노형진이 휴가를 중간에 끝내고 돌아왔을 때, 집은 발칵 뒤집어져 있었다.

　정확하게는 경비실이 뒤집어졌다.

　"아이고, 변호사님."

　"안녕하세요?"

　"얼른 도망가세요."

　"도망요?"

　"얼마 전부터 이상한 사람들이 변호사님을 찾아요!"

　"이상한 사람들?"

　"네, 얼마 전에는 덩치 큰 사람들이 찾아와서 당장 문 열라고 겁을 주는데……."

"아아, 열어 주지 그러셨어요?"

"네?"

경비원은 깜짝 놀랐다.

문을 열어 주면 무슨 사달이 날지 모르는데 이게 무슨 소리란 말인가.

"그랬다가 큰일이라도 나면요?"

노형진이 변호사이다 보니 혹시나 원한을 가진 사람일까 두려워서 그는 이를 악물고 마주 소리를 질렀었다.

그런데 문을 열어 주지 그랬냐고?

"아저씨 다칠까 봐 그러는 거예요. 어차피 아파트 문도 따로 있는데요, 뭘. CCTV도 있고."

"하지만……."

"다만 경찰에 신고는 하세요."

"경찰에 신고는 했죠."

아니나 다를까, 신고했지만 경찰은 오지 않았다.

아니, 오기는 왔다, 정확하게는 그들이 간 후에.

'뻔하네.'

자신들이 물러난 후 전화해서 알려 주면 그때에야 슬금슬금 오는 것이다.

"진짜 몸이 위험할 것 같으면 괜히 다치지 마시고 제 집 문을 열어 주세요. 어차피 훔쳐 갈 것도 없어요."

"변호사님……."

경비원은 감동한 눈빛이었다.

사실 도둑이라도 들면 그거 물어내라고 거품을 무는 사람들이 대다수인데 노형진은 다칠 것 같으면 그냥 열어 주라고 하니…….

"괜찮아요, 하하하."

사실 농담이 아니다.

집이라고 있긴 하지만 말 그대로 잠만 자는 곳이다 보니 겉모양은 아파트여도 세간살이는 거의 원룸 수준이고 중요한 건 아무것도 없다.

귀중품이나 주요 서류는 전부 은행 금고에 있으니까.

"아셨죠? 저 농담하는 거 아닙니다. 절대 위험을 무릅쓰지 마세요."

"감사합니다, 변호사님."

"별말씀을요. 들어가세요."

노형진은 인사를 마치고 집으로 올라왔다.

바뀐 것 하나 없는 공간.

노형진은 침대에 걸터앉아서 고민에 빠졌다.

'이제 어쩐다?'

저들이 자신의 아버지와 자신을 노리는 것은 확실하다.

'아마 그들은 우리가 자신들이 먹을 걸 가로챘다고 생각하고 있겠지.'

그러니 눈을 까뒤집고 덤빌 건 뻔한 일.

‘물러나? 아니야, 그럴 수는 없어.’

지금 벌어진 일은 시작에 불과하다.

개발에 박차를 가할수록 그들은 주요 개발 지점에 자신과 아버지의 땅이 있는 걸 알게 될 수밖에 없을 테니, 당연히 그걸 노릴 것이다.

‘처음이 어렵지, 나중은 쉬워지는 게 인간이야.’

지금 물러나서 자신들의 땅을 빼앗는 데 성공한다면 그들이 과연 다른 지역에서는 ‘그래, 이번에는 우리가 포기하자.’ 라고 생각하면서 물러날까?

아니다. 아마 이번에 벌어들인 돈을 바탕으로 더 많은 땅을 빼앗으려고 덤벼들 것이 뻔했다.

“흠…….”

노형진은 고민하다가 자리에서 일어났다.

이런 문제를 자신만 겪을 리 없다. 애초에 조폭을 동원한다는 것 자체가, 이미 범죄에 한발 들이밀었다는 소리다.

“송 대표님, 접니다. 아무래도 휴가 기간을 줄여야 할 것 같습니다.”

노형진은 심각한 얼굴로 송정한에게 전화를 했다.

⚖

“으음…….”

송정한은 노형진의 말에 상당히 어두운 얼굴이 되었다.

"그게 사실인가?"

"그렇습니다."

"곤란하군."

송정한은 탁자를 두들기면서 걱정스럽게 말했다.

그럴 수밖에 없다.

새론은 다른 곳보다 수임료가 싸다.

그건 노형진이 투자 지원이라는 형태를 통해 수익을 보전해 주고 있기 때문이다.

일본에 생수 판매나 투자 계좌 등을 통해 말이다.

당연히 새론도 일부 땅을 가지고 있다.

"우리 쪽에는 왜 그런 낌새가 없었지?"

"상대적인 거죠."

"상대적?"

"아무래도 새론은 그다지 많은 땅을 가진 건 아니잖습니까."

"그건 그렇지."

"거기에다가 새론은 법무 법인입니다. 얼마 되지도 않는 땅을 먹으려고 괜히 건드렸다가 여러모로 골치 아파질 수도 있으니까요."

"하긴."

더군다나 새론의 규모가 작은 것도 아니고, 기존 사건에서 봤다시피 언론과 연계도 되어 있는 곳이다. 그러니 건드리기

애매했을 것이다.

"하지만 미래는 모르죠."

"그렇겠지."

"이 세상에서 끝이 없는 걸 꼽으라면 당연히 인간의 욕심 아니겠습니까?"

"그건 그렇지."

송정한은 눈을 찌푸렸다.

9,900원 가진 사람이 100원 가진 사람의 돈을 빼앗아서 만원을 채우려고 한다는 말이 있다.

세상은 그것보다 더하면 더했지 결코 덜하지는 않다.

9억 9,999만 원을 가진 사람이 전 재산 1만 원인 사람의 돈을 빼앗아서 10억을 채우려고 하는 게 현실이다.

가능하기만 하다면 우주 전체를 털어서라도 무한히 뽑아내려고 할 것이다.

'우주에는 끝이 있을지 몰라도 인간의 욕심에는 끝이 없지.'

아마 전 우주를 혼자 지배한다고 해도 계속 욕심을 부릴 존재가 인간일 것이다.

"그들과 싸워야 한다는 거지?"

"그렇습니다."

"경찰의 도움은 글러 먹었겠군."

"도와줄 리 없죠."

고발을 한다고 해도 잡으러 갈 리 없다. 애초에 잡을 생각도 없을 테고.

"고발?"

"누가 시킨 줄 알고요?"

"하긴, 그게 가장 큰 문제로군. 누가 시켰는지 모르는 것."

법이라는 것이 적용되기 위한 가장 기본이 바로 상대방의 확정이다.

상대방을 모르면 절대로 사건이 성립되지 않는다.

"이런 사건의 패턴은 뻔합니다. 하청의 하청의 하청이겠지요. 안 그러면 이런 식으로 굴 리 없지요."

"그렇지."

정치인도 바보가 아니니 자신이 직접 그 땅을 사지는 못할 것이다.

당연하게도 대리인을 내세웠을 테고, 그 대리인은 또 다른 대리인을 내세워서 그 땅을 사려고 했을 것이며, 그 대리인은 또 다른 대리인을 내세워서 조폭을 고용했을 것이다.

"조폭이야 잡을 수 있겠지요. 하지만 제대로 처벌을 받을까요?"

협박이 성립될 수는 있겠지만 이득도 없었고, 또 큰 피해도 없다.

거기에다 이미 이야기가 되어 있을 테니 집행유예는 확정적이다.

"아마도, 제가 아무리 노력해 봐야 벌금이 나올 겁니다."

"으음."

안 그래도 처벌이 약한 협박이다. 그러니 제대로 된 처벌은 불가능하고, 그걸 알고 있는 놈들이 배후를 불 가능성은 전혀 없다.

"설사 배후를 분다고 한들 거기서 끝이겠지요."

하청의 하청을 받은 셈이니 그들이 또 다른 배후를 불 가능성은 없다.

거기에다 직접 협박한 것도 아니고 교사를 한 셈이니까.

"교사를 했다고 하면 처벌이 더 낮아질 테지."

"교사도 아닙니다. 그냥 설득하라고 했는데 오해가 있었다, 이거면 끝이겠지요."

노형진은 어깨를 으쓱했다.

그런 사건을 한두 번 보는 것도 아니니까.

"그러면 자네 생각은 어떤가? 이대로 무시하면 된다고 생각하나?"

"글쎄요……. 그건 좋은 생각은 아닐 것 같네요."

지금이야 협박이지만, 나중에도 그들이 손을 쓰지 않을 가능성은 낮다.

한두 푼도 아니고, 수백억에서 수천억대 자산이 왔다 갔다 하는 일이니.

"하지만 경찰이 수사해 봐야 의미도 없다는 것일 테고."

송정한은 곤혹스러운 얼굴이었다.

"언론에 터트려 봐야 조폭들은 들은 척도 하지 않을 테고."

법률을 기반으로 하는 로펌인데 이번에는 법을 전혀 쓰지 못하는 당혹스러운 상황이었다.

"직접 국토개발위 사람들과 협상해야 하나?"

"그놈들이 인정하겠습니까?"

"그건 그렇군."

애초에 개발 정보를 이용하는 것 자체가 불법인데 말이다.

"그러면 어쩌지?"

"방법은 하나뿐입니다."

"어떤 거?"

"불법이지요."

송정한의 얼굴이 딱딱하게 굳었다.

불법. 그건 상당히 부담스러운 일이었다.

물론 자신들이 늘 합법적으로만 움직인 건 아니다.

그러나 그건 어디까지나 다른 사람이 다치지 않는 선에서였다. 이번 사건은 그렇지 않다.

"설마 협박하는 놈들을 죽여 버리기라도 하겠다는 건가?"

"에이, 그럴 리가요. 저는 불법을 이용한다고 했을 뿐, 불법을 저지르겠다는 건 아닙니다."

"그게 무슨 말인가?"

노형진은 씩 웃었다.

"생각해 보세요. 저들이 우리를 건드렸습니다. 과연 다른 땅 주인들은 전혀 건드리지 않을까요?"

"응?"

"제가 가진 땅만 수십만 평이 넘습니다. 아버지도 몇만 평이지요. 그리고 이 정도의 땅을 가진 사람이라면 어느 정도 힘이 있다고 보는 게 당연합니다."

"그렇지."

"그런데 그걸 알면서도 저희를 건드리고 있습니다. 그런데 과연 상대적으로 힘이 없는 사람들을 그들이 건드리지 않을까요?"

"그럴까? 하지만 그런 사람들은 땅이 그리 많지 않을 텐데."

몇십만 평을 가진 노형진을 털어 내면 돈이 많이 남는다.

하지만 몇백 평, 몇천 평 가진 사람들은 건드려 봤자 돈도 별로 안 남고 위험부담만 커지는 것이다.

"압니다. 하지만 인간의 욕심은 끝이 없다고 했잖습니까."

"응?"

"국토개발상임위원회 소속 인간들은 자신들이 가진 정보에 기반하여 땅을 사고 있습니다. 다른 사람들이, 그것도 조폭들이 그런 정보를 알게 되고도 과연 모른 체할까요?"

"아하!"

송정한은 정신이 번쩍 들었다.

인간은 다르다고 생각하지만, 사실 비슷하다.

"똑같은 생각을 하겠군."

조폭들도 한두 번 해 본 일이 아닐 테고, 그렇게 강제로 빼앗으려 드는 곳이라면 곧 개발되어서 돈을 쓸어 담게 될 것이라는 점도 모르지는 않을 것이다.

"저같이 큰 덩어리는 아무래도 그들이 건드리기는 부담스럽겠지요."

"하지만 다른 곳은 아니겠군."

"네, 다른 곳은 아닙니다. 작은 곳은 위에서도 관심이 없어요. 하지만 이미 자신들에게는 보호 명령이 떨어졌으니, 위쪽 몰래 슬쩍 작은 곳 좀 건드려서 이득을 챙긴다고 해도 경찰이 지켜 줄 테고요."

그런 식으로 작은 곳 몇 군데만 모아도 최소한 10억 이상의 큰돈이 그들에게 떨어질 것이다.

"그러면 어쩌려고?"

"다른 사람을 끼워 넣어 보지요. 땅 주인이 저만 있는 건 아니니까요."

"왜?"

"우리는 변호사 아닙니까?"

노형진은 피식 웃으며 말했다.

"그리고 변호사는 의뢰를 받아서 움직이지요, 후후후."

⚖

"네? 의뢰요?"

"네. 깡패들이 땅을 팔라고 협박을 한다고 들었습니다."

노형진의 말에 마을 주민들은 서로 눈치를 살폈다.

"물론 진짜로 파실 거라면 말리지 않겠습니다. 하지만 어차피 마찬가지가 아닐까 싶은데요?"

"후우."

노형진의 말에 다들 한숨을 쉬었다.

그럴 수밖에 없었다. 그의 말마따나 깡패들 때문에 죽을 맛이었으니까.

"우르르 몰려와서는 땅을 팔라고 얼마나 겁을 주는지…….
몇몇 사람들은 아예 동네를 떠날까 생각 중이에요."

"그래요?"

"네."

이 마을에 있는 사람들은 부자가 아니다. 대부분 몇백 평에서 몇천 평 정도의 땅을 가진 사람들이었다.

그리고 그들을 조직폭력배가 노리고 있었다.

'그 정도 되는 땅을 사는 것은 정치인도 눈감아 주니까.'

물론 티끌 모아 태산이라고 그것도 모으면 제법 넓은 땅이 되겠지만, 그러면 피해자가 많아진다. 그러니 정치인들 입장에서는 부담스러울 수밖에 없다.

"사실 팔까도 생각을 해 봤지만 터무니없이 싼 가격을 제시하니……."

"가격이 싸다고요?"

손채림은 고개를 갸웃했다.

터무니없이 가격이 싸다니? 이해가 가지 않았기 때문이다.

아무리 정치인이라고 하지만 최소한 지금 시세는 쳐주는 게 보통이니까.

"우리 땅은 그렇겠지. 하지만 이 땅을 사려는 건 조폭이지, 정치인이 아니야."

"응?"

"이곳에 대한 정보를 얻은 조폭들이 콩고물이라도 하나 더 얻어먹어 보려고 땅을 빼앗으려고 하는 거라고. 그런데 제값을 주겠어?"

"아하!"

상대적으로 자금이 부족한 조폭이 정당한 가격을 주면 살 수 있는 땅은 별로 없다.

더군다나 노형진 덕분에 주변의 땅값은 많이 올라간 상황이다. 그러니 그들 입장에서는 최대한 많은 땅을 사려면 강제로 빼앗다시피 해야 한다.

"시세의 5분의 1밖에 안 준다고……."

"그렇군요."

그 버릇이 어디 가는 게 아니라는 사실을 알고 있는 노형진은 고개를 끄덕거렸다.

그 돈을 받고 땅을 팔려고 하는 사람은 절대 없다.

"경찰에도 신고했지만, 나오는 둥 마는 둥 해서요."

이미 이야기가 다 끝나 있는 상황이다.

신고를 해 봐야, 경찰이 여기에 도착할 때쯤이면 그들은 이미 떠난 후다.

"의뢰를 한다고 해서 저희가 할 수 있는 게 있나요?"

의뢰를 한다고 해서 그들이 안 올 것도 아니고, 경찰이 신고받자마자 즉각적으로 달려오게 되는 것도 아니다.

"의뢰를 받는다기보다는, 저희를 도와준다고 생각하시면 됩니다."

"도와 달라고요?"

"네."

"어떻게요?"

"마을을 비워 주십시오."

"네?"

다들 어리둥절한 얼굴이 되었다.

마을을 비워 달라니?

"읍내에다가 식당을 빌려 두겠습니다. 마을분들은 거기 가셔서 식사를 하고 오시면 됩니다."

"그러면 일이 해결된다고요?"

"네."

"어떻게……."

이해 못 하는 사람들.

하지만 노형진은 더 이상 아무런 말도 하지 않았다. 그저

이것이 법이다

그들을 바라볼 뿐.

"저기…… 그건 좀……."

"한우 전문점이에요."

굳이 캐물으려고 하는 사람들에게, 손채림이 씨익 웃으면서 말을 꺼냈다.

"일반 소고기도 아니고 한우죠. 마을 잔치한다고 생각하시면 돼요."

"한우……."

침을 꿀꺽 삼키는 사람들.

"잠깐만 마을을 비워 주시면 저희가 알아서 다 하겠습니다."

"으음……."

다들 눈치를 살피는 상황에서, 이장이 결국 마음을 독하게 먹고 나섰다.

"어차피 이대로 있어 봐야 터무니없는 가격에 땅 빼앗기는 것 아닙니까? 이분들 말대로 한다고 해서 우리가 손해 볼 건 없을 테지요."

"그건 그렇지요."

자신들 모르게 노형진이 뭘 할지는 모른다.

하지만 실제로 아무것도 모른다면, 그로 인해 문제가 생길 이유 또한 없다.

자신들은 그저 부탁을 받고 잠시 집을 비워 준 것뿐이니까.

"우리가 자리를 비우는 게 혹 나중에라도 문제가 될 가능성이 있나요, 변호사님?"

"아니요. 자리에 안 계신 분들에게 어찌 그 책임을 묻겠습니까?"

노형진이 씩 웃으며 대답했다.

"이런 건 모르는 편이 나아요, 호호호."

이미 작전을 알고 있는 손채림은 싱긋 웃으며 말했고, 마을 사람들은 고개를 끄덕거렸다.

"얼마나요?"

"반나절이면 되지 않겠습니까?"

"그 정도라면 뭐."

다른 것도 아니고 한우다. 더군다나 자신들의 문제를 해결하기 위해 대피시키는 건데, 굳이 거절할 이유는 없다.

"그러면 언제 가면 됩니까?"

"그놈들이 오는 시간이 보통 언제죠?"

"수요일 저녁이랑 일요일 저녁요."

그들은 대략 사흘 간격으로 찾아와서 협박하고 집기를 부수거나 겁을 준다.

"그러면 그때 자리를 비워 두시면 됩니다."

"그거야 어렵지 않겠습니다."

이장이 가장 먼저 선두로 나서자 다들 고개를 끄덕거렸다.

하긴, 그 미친놈들의 협박을 듣지 않게 되는 것만 해도 어디인가?

"그러면 확실하게 자리를 비우겠습니다."

"감사합니다, 후후후."

노형진은 씩 웃으며 머릿속으로 온갖 작전을 짰다.

⚖

일요일 저녁, 몇 대의 차량이 천천히 마을 안으로 들어왔다. 그리고 깔끔한 정장 차림의 남자들이 차에서 우르르 내렸다.

"형님, 오늘은 파는 놈이 있을까요?"

"모르지. 하지만 밟다 보면 일단 누구 하나 팔지 않겠냐? 그다음부터는 일사천리지."

한 놈만 쓰러지면 줄줄이 사탕으로 쓰러지는 것이다.

그리고 그 시작이 얼마 남지 않았다.

"캬, 이 일만 끝나면 우리도 강남에 빌딩 하나 올릴 수 있다 이거지."

홍만표는 즐거운 마음으로 일을 시작했다.

"위에서 싫어하지 않겠습니까?"

"얀마, 어르신들이 이런 째깐한 것에 신경이나 쓸 것 같아? 아니야. 그분들은 몇만, 몇십만 평짜리에나 신경 쓴다고."

"그래도 그렇지……."

"이 새끼, 진짜 형님 말 못 믿네. 전에 갔던 그 집 있지?

그 집주인이 거기에 가지고 있는 땅이 10만 평이야."

"허얼?"

"그 자식 놈도 30만 평 있다더라. 거기 작업 끝나면 자식 놈도 작업할 거야."

"끝내주네요."

"그렇지."

어마어마한 땅의 규모에 다들 입을 쩍 벌렸다.

그런데 듣고 있던 부하 중 똑똑한 한 놈이 고개를 갸웃했다.

"그런데 왜 이런 작업을 큰 곳에 안 시키고 우리한테 맡기는 걸까요?"

"응?"

"아니…… 그게……."

혼날까 봐 갑자기 쭈그리가 되는 부하를 보면서 홍만표는 피식 웃었다.

"괜찮아. 그러면서 크는 거지, 뭐. 큰 놈들에게 이런 걸 시켰다간, 나중에 꼬이는 수가 있어서 그래."

"뭐가 꼬여요?"

"나중에 누구 하나 잡혀갔을 때, 이런 걸 약점으로 잡아서 꺼내라고 요구할 수도 있잖아."

"아하!"

이런 약점을 가지고 정치인을 협박하더라도, 상대방이 작은 곳일 경우에는 쉽게 밟아 버릴 수 있다. 하지만 큰 곳이라면 여러모로 밟아 버리기가 힘들다.

"하지만 여전히 이해가 안 가는데요."

"새끼, 뭐가?"

"아니, 그런 협박은 우리도 하려면 못 할 것도 아니고……."

"짜식. 그래, 툭 까고 말해서, 큰놈들이 욕심 안 부리겠냐? 덩치가 크면 돈도 많은데."

"아아, 무슨 말씀인지 알겠습니다."

대형 조직에 일을 맡기면 확실히 동원할 수 있는 녀석들이 많다.

하지만 그들은 돈이 많다.

이를 반대로 말하면, 그들이 나서서 협박하고 이쪽을 싹 쓸어버리면, 정작 소스를 가지고 있던 정치인은 개털이 된다는 뜻이다.

"오래전에 저쪽 아래에서 그런 일이 있었어. 도지사가 작전을 좀 했는데, 조직이 빼돌린 거지."

"아하!"

이미 확정된 개발안이니 뒤집을 수도 없는데, 자신이 강제로 빼앗으려고 하던 땅을 조폭들이 모조리 쓸어 먹어 버렸다.

그래서 경찰을 족쳐서 죽이려고 했지만 이미 그들이 해 먹은 땅을 빼앗을 방법은 없었고, 그들의 조직원 중 일부만 감옥을 간 상황이었다.

그리고 그 조직은 무려 480억을 해 먹었다.

"그거 해 처먹으려고 하던 도지사가 눈깔이 돌아갔지."

"그랬겠네요."

큰 조직이 그런 식으로 먼저 싹 쓸어 갈 가능성이 생기자, 그다음부터는 이들처럼 작은 조직을 이용하게 되었다.

이들은 손대 봐야 기껏해야 몇천 평 정도의 작은 규모만 가능하기 때문이다.

"그리고 그렇게 해서 우리 조직이 커지면 다른 일에 동원하기도 하고."

"그래요?"

"정치라는 게 그런 거다, 인마."

보스인 홍만표는 히죽거리면서 다시 목을 풀었다.

"들어가자. 오늘도 순회공연해야지?"

표적이 있기는 하지만 다른 곳에도 약을 치는 것을 잊지 않았다.

싼 가격에 쓸어 올 수만 있다면야 땅은 많을수록 좋으니까.

"조용합니다?"

"우리가 올 줄 알았나 보지."

마을 안은 조용했다.

황폐화된 산골 마을처럼, 인기척 하나 없었다.

"진짜 조용하네."

홍만표는 표적의 집에 도착해서 벨을 눌렀다.

"이리 오너라!"

마치 양반처럼 그가 목소리를 높이자 부하들은 낄낄거렸다.

"이리 오라고 하지 않았느냐!"

하지만 아무도 나오지 않는 상황.

"이 새끼야! 사람 말이 말 같지도 않아? 어? 이리 오라고 했잖아, 이 씨발 새끼야!"

애초에 말로 할 생각은 없었다.

나올 거라고 생각하지도 않았고.

그저 겁을 주기 위해서였다.

당연히 부하들은 쾅쾅거리면서 문을 발로 찼다.

"이 새끼들이 좋은 말로 할 때 넘기라면 넘겨야지, 어디 한번 담겨 볼 텨? 서울에 있는 네년 딸 예쁘던데, 한번 맛 좀 볼까? 어!"

언성을 높이는 그때였다.

드디어 끼이익 소리와 함께 문이 열렸다.

지난 며칠간 문도 안 열고 버티던 놈이 문을 열자 홍만표는 얼굴이 환해졌다.

드디어 땅을 팔 생각을 하는 모양이라고 믿은 것이다.

하지만 그런 그의 얼굴은, 다음 순간 당혹으로 가득 찼다.

"어?"

입구에 서 있는 건장한 남자, 아니 남자들.

그들은 아무리 봐도 자신과 같은 부류였다.

"왔다, 이 새끼야."

입구로 우르르 몰려나온 다섯 명의 남자들은 대놓고 연장을 들고 있었다.

쇠 파이프에 체인, 야구방망이와 각목까지.

"이런 미친……."

그걸 보고 주춤주춤 물러나는 홍만표.

"혀…… 형님?"

그런데 등 뒤에서 부하의 목소리가 들린다.

고개를 돌려 보니 어느새 다른 남자들도 와 있었다.

주변 집들의 문이 열리면서, 여기저기서 남자들이 쏟아져 나왔다.

"니미 씨팔……."

홍만표는 입술을 깨물었다.

족히 백 명은 넘는 사람들.

그런데 자신들은 고작 여덟 명이다.

거기에다 자신들은 단순히 겁주기 위해 온 것이다. 그런데 저들의 손에는 하나같이 연장이 들려 있었다.

"어떤 새끼가 우리 형님을 건드리고 다니나 했더니, 너냐?"

"형님?"

"그래. 요즘은 별 같잖은 새끼가 깝치고 다닌다고 하시던데."

"그……."

홍만표는 주변을 돌아보며 아차 싶었다.

자신들이 요즘 겁주고 다니는 사람들은 대부분 농부들이었다.

하지만 개중에는 낙향한 사람들도 있고, 전원주택을 가지고 있는 사람도 있었다.

'염병할.'

그중에 그 형님이라는 작자가 있을 줄은 예상하지 못했던 그는 입술을 깨물었지만, 이미 후회는 소용이 없는 상황.

"곱게 기어 나와라."

가장 선두에 선 남자가 차갑게 말했다.

이미 주변 집에서 나온 사람들에게 포위되어서 도망갈 곳은 없다.

심지어 자신들이 타고 온 차 주변에도 십여 명이 지키고 있었다.

"너 이 새끼들, 우리가 누군지 알아?"

홍만표는 애써 겁을 주려고 했다.

그러자 가장 선두에 선 남자가 피식 웃었다.

"왜, 경찰에 신고하려고?"

"뭐?"

"신고, 내가 해 줄게."

남자는 자신의 핸드폰을 들어서 경찰에 신고했다.

"여보세요? 경찰이지요? 여기 마을에 깡패들이 몰려와서 행패 부리고 있어요! 빨리 와서 잡아가요!"

틀린 말은 아니다.

다만 평소와 그 행패의 주체가 다를 뿐.

"신고는 했고……. 어디 보자, 출동까지 한 두 시간 걸리려나? 아니면 세 시간?"

"……."

홍만표의 눈이 흔들렸다.

진짜다.

이미 이야기가 끝나 있어서, 이 동네에서 무슨 신고가 들어가도 경찰은 안 온다.

"그 시간이면 충분히 청소가 가능하지."

쇠 파이프를 탁탁 두들기면서 앞으로 나오는 남자.

"좋은 말로 할 때 우리랑 갈래, 아니면 실종 처리될래?"

"……."

"혹시나 마을 입구에 있는 CCTV를 기대하는 거라면, 일찌감치 포기해. 저거 벌써 사흘 전에 고장 났다고 신고했는데 관심도 없더라."

물론 고장을 낸 것은 당연히 이들이다.

그러나 시골이라 우범지대도 아니고 예산도 부족한 이곳에서 바로 수리해 줄 리 없다.

정상적인 과정을 거쳐도 최소한 일주일은 걸리는 게 공무원 조직이니까.

"당연히 여기에 너희들이 온 걸 본 사람들도 없지."

"니미, 씨발……."

홍만표는 자신들이 완전히 당했다는 걸 알았다.

그때 마을 입구로 들어서는 한 대의 탑차.

"저거 타고 가서 우리랑 진솔한 대화를 나눠 보는 게 어때? 아니면……."

눈을 반짝이는 남자들.

"오랜만에 우리 손맛 좀 보게 해 주는 거고."

"큭."

홍만표가 선택할 수 있는 것은 결국 하나뿐이었다.

⚖

"알아내셨습니까?"

한만우는 시가에 불을 붙이고 쭉 댕겼다. 그리고 고개를 끄덕거렸다.

"위험한 게임을 같이하기는 하지만, 이건 너무 거물 아니야?"

"그만큼 큰 건수 아닌가요?"

"그것도 그렇지."

개발 예정 지역을 알려 준다는 조건하에, 한만우가 끼어들었다.

'물론 살 수 있는 곳은 한정되어 있겠지만.'

합법적인 구매가 조건이었기 때문에 어찌 되었건 많은 땅을 살 수는 없겠지만, 그것만 해도 한만우에게 상당한 돈이 떨어진다.

양성화 과정에서 막대한 자금이 들어간 그에게 이 일은 진짜 생명 줄이나 다름없었다.

"조종필이라는 새끼야."

"조종필?"

"그래. 서울에서 주유소 몇 개 하는 놈이지, 공식적으로는."

"공식적이라……. 그러면 비공식적으로는?"

"뭐, 비공식적이라고 할 수 있나. 국토개발상임위원회에 조씨는 한 명뿐인데. 조석순. 그놈 아들이야."

노형진은 눈을 찌푸렸다.

조석순.

현재 4선 의원으로, 국토개발상임위원회 소속이다.

그리고 무난하게 5선이 예상되는 사람.

"우리 입장에서는 공식적으로 조종필도, 조석순도 못 건드려. 알지?"

"애초에 그건 선택지 자체가 없었습니다. 국토개발상임위원회에 들어가는 사람들 중에서 힘없는 사람은 없으니까요."

"그러니까."

설혹 건드리고 싶다 해도, 그들을 건드리면 좋은 꼴은 절대 못 본다.

"경찰도 마찬가지고. 이런 건 증거도 없어."

언론에 터트려 봐야 말도 안 할 테고, 애초에 깡패를 동원한 것도 인정하지 않을 것이다.

"자네, 어쩔 건가? 미안하지만 우리는 손 떼겠네."

한만우는 걱정스럽게 말했다.

물론 정치 깡패도 있지만, 그런 건 잘못 건드리면 뒤끝이 영 안 좋다.

"정치인 자체는 건드릴 수가 없겠네요."

"그럴 걸세."

상임위 소속은 여당, 야당을 가리지 않는다.

즉, 그걸로 공격하는 것은 양쪽 다 공격하는 셈인지라, 당이 다르다고 해서 이쪽에 도움을 줄 가능성은 제로다.

"뭐, 저는 당사자인 만큼 손을 뺄 수는 없겠지만요."

"그게 무슨 소리야?"

"아비는 건드리지 못해도 아들은 건드릴 수 있다는 뜻입니다."

"아들?"

"네."

노형진은 걸어온 싸움을 결코 피할 생각이 없었다.

"과연 조종필이 뭐라고 할지 기대해 보지요, 후후후."

⚖️

노형진은 조종필에 대해 알고 있다.

아버지 사후에 지역구를 물려받아서 국회의원이 되는 놈
이다.

"웃긴 일이지, 지역구 물려주기라니. 여기가 무슨 일본도
아니고."

"응? 그게 무슨 소리야?"

"아, 별거 아니야."

혼잣말을 중얼거리던 노형진은 손채림의 말에 고개를 흔
들었다.

그리고 시선을 돌려서 주유소를 바라보았다.

"저곳이 조종필의 주유소란 말이지?"

"그래. 아주 노른자위 땅이야."

"그렇겠지."

그가 가진 서울 지역의 주유소만 무려 일곱 개.

주유소라는 곳은 일반 가게와 다르다.

환경에 영향을 많이 주기 때문에, 신고제가 아니라 등록제
로 운영되는 곳이다.

그럼에도 불구하고 서울 시내에서 주유소를 일곱 군데나
운영한다?

"아버지가 힘을 많이 써 준 모양이네."

"그럴 거야."

"그런데 주유소를 이용해서 엿을 먹이겠다니, 어떻게?"

"조종필은 욕심이 많거든."

"응?"

노형진은 씩 웃었다.

"사실 조종필은 가짜 휘발유를 팔고 있어."

"뭐어!"

손채림은 깜짝 놀랐다.

가짜 휘발유. 그건 현행법상 상당한 범죄이기 때문이다.

"팔면서 두 번이나 걸렸지."

"그런데 어떻게 아직도 주유소를 하는 거야?"

"그 아버지의 힘이지."

"허."

그런 범죄 기록을 가지고도 미래에는 국회의원을 하는 그를 생각하면서, 노형진은 고개를 흔들었다.

"그걸 신고하려고? 지금 저곳에서 가짜 휘발유를 파는 거확실해?"

"확실해."

"그런데 어떻게 안 걸렸지?"

"상대를 봐 가면서 하거든."

"응?"

노형진의 말에 손채림은 고개를 갸웃했다.

그러자 노형진이 품에서 버튼을 꺼내 들었다.

"이게 조절 버튼이야."

"그게 무슨 소리야?"

"말 그대로 조절 버튼이지. 좀 오래된 거기는 한데, 아직 잘 먹히는 수법이야."

주유소의 아래에는 주유 탱크가 있다. 보통은 경유와 휘발유가 들어가는데, 그는 거기에 가짜 휘발유 탱크를 하나 더 만들어 놨다.

"그리고 들어오는 차를 봐 가며 버튼을 누르는 거지."

그러면 안에 있는 장비가 인식하고 자동으로 파이프라인을 조절한다.

그래서 비싼 차가 들어오면 진짜를, 싸구려에 뒤끝 없어 보일 차가 들어오면 가짜를 넣는 방식으로 운영하는 거다.

"헐, 그게 가능해?"

"가능하지."

"하지만 검사하는 사람들이 돌아다니잖아!"

"그게 문제야."

가짜 휘발유 검사를 하는 공무원들은 기름을 차에 넣어서 가지고 오는 게 아니다.

말통을 가지고 가서 거기에 담아 온다.

"요즘 같은 시대에 말통에 기름 넣어서 가는 사람이 얼마나 되겠어?"

"허."

그러니 말통으로 담아 가는 손님만 조심하면, 가짜인지 진짜인지 속이는 것은 어려운 일이 아니다.

"가짜 넣는다고 해서 차가 바로 멈추는 것도 아니고."

거기에다 그곳에서 넣은 기름이 가짜라는 확실한 증거가 있는 것도 아니다.

원래대로라면 검사하는 곳에서 조사하고 유류 저장고를 열어 봐야 하지만, 그걸 막는 것은 어렵지 않은 일이다.

유류 저장고를 좀 멀리 두면 그만이니까.

'아마 내 기억이 맞는다면 저 옆 주차장이겠지?'

주유소 옆에 있는 주차장.

그 아래에 가짜 유류 저장고가 있다.

더군다나 주차장의 명의는 전혀 다른 사람으로 되어 있기 때문에, 수사에 들어간다고 해도 그곳을 마음대로 까뒤집을 수는 없다.

"그건 우리도 마찬가지잖아? 설사 신고한다고 해도……."

"핫핫, 신고? 신고 안 할 건데?"

"응?"

노형진은 피식 웃었다.

"신고해 봤자 뭐 조사나 제대로 되겠어?"

"그러니까. 그러면 어쩌려고?"

"말했잖아, 이거 조절 장치라고."

"응? 잠깐, 그러고 보니 그러네."

노형진은 버튼을 꺼내면서 '이게 조절 장치'라고 했다.

"무선 신호로 움직이거든. 그걸 카피하는 것은 어려운 일이 아니야."

　적당한 장비가 있으면 신호를 읽을 수 있고, 그 신호를 복제하면 저들 모르게 가짜 휘발유가 쏟아지게 만들 수 있다.

　"그런데 그래 봤자 뭐가 달라지는데? 피해자만 더 만드는 거 아냐? 그런다고 뭐가 바뀌어?"

　"피해자가 늘어나는 거야 저 인간은 신경도 안 쓰겠지."

　노형진은 어깨를 으쓱했다.

　"하지만 피해자가 힘이 있는 부자라면? 영 곤란하거든."

　"그게 무슨 소리야?"

　"이 주유소가 주변 주유소들과 다른 게 뭔지 알아?"

　"뭔데?"

　"여기는 고급 휘발유를 판다는 거야."

　"고급 휘발유?"

　"그래."

　"차이가 뭔데?"

　"하이옥탄의 비율이 훨씬 높지."

　손채림은 고개를 갸웃했다.

　상당수의 여자들이 그렇듯이 그녀도 차에 관심이 많은 타입은 아니니까.

　"좀 더 쉽게 말해 봐."

　"음…… 훨씬 폭발력이 좋은 휘발유라고 보면 돼. 경기용이라고 할까?"

옥탄가가 높은 휘발유는 폭발력이 좋다. 당연히 엔진에서 더 강력한 힘을 낸다.

"일반적인 차량의 엔진에서는 그다지 의미가 없지. 하지만 모든 물건이 그렇듯이, 차 중에도 예민한 놈이 있기 마련이거든."

"예민한 놈?"

"저기 오네, 예민한 놈. 아니, 예민한 놈들."

고개를 돌린 손채림의 얼굴이 사색이 되었다.

"저거…… 슈퍼카들 아니야?"

그냥 '슈퍼카'도 아니고 슈퍼카'들'이다.

독일의 B사나 M사 차량도 아니고, 한 대당 가격이 몇억씩이나 되는 슈퍼카들이 뭉쳐서 들어오고 있었다.

"어떻게 된 거야?"

"슈퍼카 동호회야."

"슈퍼카 동호회?"

"응, 이 지역 사람들이지."

"허억!"

이 지역이 손꼽히는 부촌인 것은 사실이다.

하지만 그렇다고 해도 무려 스무 대가 넘는 슈퍼카가 우르르 들어올 줄이야.

"아니, 왜 몰려온 거야?"

"이 지역에서 경주용 하이옥탄 최고급 휘발유를 파는 곳은 이곳뿐이거든. 전국적으로 그걸 파는 곳은 거의 없어."

그럴 수밖에 없다.

그런 기름은 정해진 곳에서만 소비된다. 그리고 가격도 일반 기름보다 훨씬 비싸다.

당연히 일반 주유소에서는 그걸 가지고 있어 봐야 팔리지도 않을뿐더러 자리만 차지할 테니까.

"헤이! 왓츠 업!"

"요, 브로!"

스포츠카에서 내려서 친하게 이야기하는 사람들.

그리고 그들과 친한 듯 웃으며 대화를 나누는 조종필.

"그래도 그렇지, 한두 대도 아니고 스무 대가 넘는 차들이 이렇게 한꺼번에……."

"오늘 그 동호회 정모거든."

"으음……."

당혹스러운 얼굴이 되는 손채림.

"그런 걸 아무한테나 말하고 다니나?"

"그럴 리가. 자기들끼리만 공유하지. 자기 회원 아니면 전혀 몰라."

"그러니까 내 말은, 네가 그걸 어떻게 알았냐는 거야. 슈퍼카도 없는데 슈퍼카 동호회에서 받아 줄 리 없잖아? 뭐, 사고 싶어 한다고 받아 줄 리도 없고."

더군다나 부자들이 그런 희망자들을 아무나 받아 줄 리 없다.

저기에 가입되어 있다는 것 자체가 엄청난 자부심일 테니까.

"어디 드라이브하고 싶어?"

은근슬쩍 물어보는 노형진의 말에 손채림은 입을 쩍 벌렸다.

"설마?"

"슈퍼카는 슈퍼마켓에서는 못 사지."

"지금 그걸 농담이라고 하는 거야?"

"뭐 어때?"

노형진의 재력이면 그런 거 한두 대 사는 건 어려운 일도 아니다.

더군다나 노형진이 그런 게 안 어울릴 만큼 나이가 많은 것도 아니고 말이다.

"허……."

"좋게 생각하자고. 어차피 변호사도 영업직이다."

"거참…… 영업에 들어가는 비용 참 비싸다."

수억짜리 슈퍼카를 영업용으로 산다는 노형진의 말에 똥 씹은 얼굴이 되는 손채림.

"하여간 그 슈퍼카라는 놈들은 엔진이 엄청 잘 만들어져 있어. 힘이 좋아서 슈퍼카라 불리는 게 아니야. 그만큼 정확하게 움직여야 하고 예민하게 움직여야 하지."

하이옥탄을 넣는 것과 일반 기름을 넣는 것이 천지 차이인 것이 바로 슈퍼카다.

일반 차량들은 모르지만 슈퍼카는 그 차이가 확실하다.

"그리고 누차 말하지만 이 주변에서 최고급 하이옥탄 휘발유를 파는 곳은 저곳뿐이지. 그리고 저들은 이곳에서만 기름을 넣고."

노형진은 품에서 꺼낸 버튼을 꾸욱 눌렀다.

아무것도 모르는 사람들은 자신의 애마에 꽉꽉 눌러서 기름을 채우기 시작했다.

"이런, 아쉽네."

"응?"

"애써 슈퍼카 동호회에 들어갔는데 슈퍼카가 없는 슈퍼카 동호회라니. 탈퇴해야 하나?"

노형진의 분노에 찬 시선을 보면서 손채림은 혀를 끌끌 찼다.

⚖️

부아앙!

춘천의 도로. 그곳을 달리는 차량들.

낮은 차체와 으르렁거리는 엔진음.

"오빠, 달려!"

여자 하나씩 끼고 도로를 달리는 자들은 신이 났다.

"역시 이 맛에 탄다니까!"

"역시 오빠 멋져!"

"하하하! 한국은 달리는 게 영 좋지 않아. 독일의 아우토

반을 달렸어야 하는데."

한국은 카메라도 많고 구불구불한 길도 많아서 속도를 내는 것이 쉽지 않다.

그래서 슈퍼카 동호회는 가끔 이렇게 모여서 길을 전세 내다시피 해서 달리고는 했다.

"오빠, 그런데 경찰이 왜 안 따라와?"

분명히 아까 경찰이 지나갔다.

그런데 수십 대가 그렇게 미친 듯이 달리고 있는데 따라오는 차가 하나도 없었다.

"어, 그 애들? 우리 잡으러 온 거 아냐. 도로 통제하러 온 거지."

"헐, 진짜?"

"우리 앞을 고작 국산 차가 막아야겠어?"

"역시 멋져!"

"달려!"

선두에 있던 차량이 속도를 높이자 뒤에 따라가던 차들도 미친 듯이 속도를 높였다.

"쿵쿵? 어?"

"왜?"

"오빠, 어디서 뭐 타는 냄새 안 나?"

"어? 그러고 보니……."

운전을 하던 남자는 그제야 어디선가 뭔가 타는 듯 매캐한 냄새가 나는 것을 알아차렸다.

"뭐지? 타이어가 타나?"

그럴 리 없다. 타이어 바꾼 지 채 일주일도 안 지났다.

"어, 어?"

"왜?"

"저 차……!"

앞에 달려가는 차 중 한 대에서 갑자기 연기가 풀풀 피어오르는 것이 보였다.

그 차는 엔진이 뒤쪽에 있었기 때문에 연기가 나는 것도 모르고 전속력으로 내달리고 있었다.

"어, 뭐야?"

그는 왠지 모를 불안감에 백미러를 살폈다. 그러자 자신의 차에서도 연기가 나고 있었다.

"어어?"

그는 다급하게 빵빵거리면서 주변에 경고했다.

다른 차들도 비슷한 증상을 느낀 건지, 다급하게 사방에서 빵빵거리는 소리가 들려왔다.

"도대체 뭐야? 씨발. 갑자기 차들이 한꺼번에……."

"꺄악!"

"허어억!"

속력을 줄이려고 하던 그는 앞에서 벌어진 일에 비명을 질렀다.

선두에 가던 차가 갑자기 불에 휩싸였기 때문이다.

"으아아아!"

"꺄아악!"

그는 급브레이크를 밟았다.

그러자 그걸 피하기 위해 다들 사방으로 브레이크를 밟으면서 미끄러졌다.

하지만 이런 상황이라면 전문 레이서라도 피하기 힘들다.

쾅! 쾅! 쾅!

사방에서 부딪히는 소리가 미친 듯이 들려왔다.

다행히 다들 이상을 느끼고 속도를 줄이고 있던 터라 차가 전복되거나 도로 옆으로 떨어지는 일은 벌어지지 않았지만, 수억짜리 차들이 서로 추돌하는 통에 도로는 난장판이 되었다.

쾅쾅!

"으어억!"

남자도 비명을 질렀다.

그리고 순식간에 사방이 조용해졌다.

남자는 사고의 충격으로 정신이 반쯤 나간 상태에서도 불에 휩싸여서 타고 있는 차를 보고 비명을 질렀다.

"으아아, 이런 미친!"

그는 차에서 튀어나왔고, 다른 차에서도 다른 사람들도 튀어나왔다.

그리고 잠시 후, 그 불타는 차에서도 한 남자가 비명을 지르면서 뛰쳐나왔다.

"끄아악!"

"으헉!"

"준우야!"

옷에 불이 붙은 남자는 다급하게 바닥을 굴렀다.

다들 어쩔 줄 몰라 하는 그때, 슈퍼카 한 대가 가까이 다가오더니 멈춰 섰다.

끼이익!

그리고 한 남자가 차에서 내리더니 다급하게 소화기로 불을 껐다.

"괜찮아요?"

차에서 내린 남자, 그러니까 노형진은 몸에 불이 붙었던 남자를 살펴보았다.

반쯤 혼이 나간 상황이었지만 다행히 크게 다친 곳은 없어 보였다.

'운이 좋았네, 불이 붙으리라고는 생각도 못 했는데.'

다행히 엔진이 뒤에 있는 모델이었고 바람이 앞에서 불고 있는 데다 한창 달리던 중이었던 덕분에 차량 뒤쪽과 옷, 머리카락 정도에만 불이 붙은 것이다.

물론 살짝 화상을 입어서 당분간 고생 좀 하겠지만, 이 정도면 흉터가 남지는 않을 것이다.

노형진은 혹시나 해서 차 안을 살폈다. 다른 탑승자가 있나 해서였다.

다행히 그 옆은 비어 있었다.

2인승이니 다른 사람은 없는 게 확실했다.

"으어어어……."

혼이 나간 남자에게 달려오는 사람들. 그리고 저마다 그를 붙잡고 허둥지둥했다.

"준우야! 괜찮아? 어어?"

"으어어어……."

"니미 씨발……. 뭐야."

당혹감을 감추지 못하는 사이, 노형진의 차에 같이 타고 왔던 손채림이 재빠르게 경찰에 신고하고 구급차를 불렀다.

"이게 어떻게 된 겁니까?"

"갑자기 차들이…… 차들이……. 그런데 누구……?"

"아, 오늘 나오기로 한 형진법사입니다."

"형진법사?"

"아아아."

그의 말에 다들 누군지 기억났다.

까다로운 신원 조회를 통과하고 신입.

오늘 신형 슈퍼카를 끌고 온다고 해서 다들 기다리고 있었다. 올해 나온 새로운 모델은 처음이었으니까.

"제가 좀 늦어서 바로 이곳으로 온다고 했었는데……. 이게 무슨 일입니까?"

"달리고 있는데 갑자기 차들이……."

그들은 말을 잇지 못하고 주변을 둘러봤다.

활활 불타오르는 차와 연기가 나는 차들.

그리고 몇 대는 엔진 룸에서 불이 피어오르고 있었다.

"으아악! 내 차!"

"어서 꺼요!"

노형진은 자신이 가지고 있던 소화기를 건네줬다.

남자는 비명을 지르며 자신의 차로 달려갔다.

"이런. 준우는 어때요?"

"모르겠습니다. 일단 구급차가 와야지요. 머리카락에 불이 붙었으니……."

머리카락은 다 타고 혼은 나가고…….

"씨발, 좆 됐다."

"네? 왜요?"

"준우, 전상건설 사장님 아들이에요."

"헐."

한국에서도 힘 있는 기업으로 뽑히는 전상건설의 삼대독자가 바로 준우였다.

그런 그가 이런 꼴을 당했으니…….

'얼씨구.'

하긴, 생각해 보면 당연한 거다.

수억짜리 슈퍼카를 끌고 다니는 사람들이 일반인은 아닐

테니까.

준우뿐만 아니라, 여기에 있는 사람들 대부분이 그럴 것이다.

"이런 미친⋯⋯."

부서지고 깨지고 연기를 뿜어내며 불타고 있는 차들을, 그들은 멍하니 바라보았다.

"이게 무슨⋯⋯."

족히 100억이 넘는 차들이 불타는 것을 보면서 그들은 말 그대로 혼이 나가 버렸다.

⚖

"도대체 왜⋯⋯."

다음 날 언론은 난리가 났다.

무려 100억이 넘는 차들이 모조리 부서져 버렸으니 이슈가 안 될 리 없다.

더군다나 대기업의 삼대독자가 불타 죽을 뻔한 사건이었으니까.

"준우 씨는 어떻습니까?"

사건 이후에 사건을 해결하기 위해 모인 사람들에게 노형진은 은근슬쩍 물었다.

"다행히 크게 다치지는 않았습니다만⋯⋯."

하지만 불타 죽을 뻔한 그는 심각한 충격을 받았고, 전상

건설에서는 관련자를 찾아서 죽여 버리겠다고 길길이 날뛰고 있었다.

"후우, 도대체 왜……."

다들 얼굴을 부여잡고 신음을 냈다.

한 대도 아니고 수십 대가 한꺼번에 불타 버렸으니 난리가 안 나면 그게 이상한 것이다.

당장 슈퍼카 제작사에서는 다급하게 전문 팀을 보내서 전 차량에 대한 조사를 시작했다.

심지어 해외 토픽까지 되어 버렸으니, 그들 입장에서는 결코 그냥 넘어갈 수 없었다. 슈퍼카 업체의 자존심과도 연관된 일이었다.

"씨발…… 이유를 모르겠네요."

"그러니까요."

지금까지 드러난 피해 액수만 무려 120억이다.

전소된 차량은 대책이 아예 없고, 모든 차량은 엔진을 드러내야 하며, 추돌로 부서진 부분도 당연히 여기서 고칠 수 없으니 본국으로 가지고 가야 한다.

그러니까 최소 피해액이 120억이라는 이야기고, 더 늘어나면 모를까 결코 줄어들지는 않을 것이다.

"누가 테러라도 한 거야?"

"그럴 리 없잖아!"

그곳을 달리는 건 극비였다.

더군다나 모든 차들은 다 각자 자기 집에서 보관하던 것들이었고, 대부분 보안이 철저한 차량들이었다.

　그리고 그 지역에서 무슨 짓을 한 것이라고 보는 것은 말도 안 된다. 나중에 온 노형진의 차는 멀쩡했으니까.

　"아, 미치겠네."

　수억짜리 차를 그렇게 홀라당 날려 먹었으니 보험사들은 그거 물어 줄 생각에 눈이 뒤집어졌다.

　특히 보험사의 자녀는 말 그대로 똥 씹은 표정을 하고 있었다.

　"당신 차는 왜 멀쩡해요?"

　"저야 모르지요. 저는 나중에 따라간 것뿐이니."

　"끄응……. 아, 씨발. 모르겠네."

　다들 그렇게 모여서 상황을 이해하기 위해 이야기하는 그때, 회의실의 문이 열리면서 드디어 기다리던 사람이 들어왔다.

　"늦어서 죄송합니다. 1차 조사 결과가 늦게 나와서요."

　"도대체 뭐야?"

　"씨발, 왜 차가 불탄 거냐고!"

　"차 똑바로 못 만들어!"

　자기보다 나이가 열 살은 많아 보이는 남자에게 삿대질을 하면서 화를 내는 사람들.

　하지만 방으로 들어온 남자는 가만히 고개만 흔들 뿐이었다.

　"다들 진정하세요. 일단 1차 조사 결과가 나왔다 하니 들어 봅시다."

노형진이 사람들을 진정시키자 그 남자는 고개를 숙여서 감사의 인사를 건네고 1차 조사 결과가 적혀 있는 서류를 꺼 냈다.

"일단 저희는 여러 가지 가능성을 따져 봤습니다. 처음에는 차량 결함도 의심했습니다만, 수십 대가 동시에 결함을 일으킬 가능성은 없었습니다. 더군다나 여기 차주분들이 계시지만, 가지고 계신 차들은 각자 브랜드가 다릅니다. 네 개의 브랜드가 동시에 결함을 일으킬 수는 없지요."

"그러면 왜 그딴 일이 일어나냐고!"

"진정해 주십시오. 일단 결론부터 말씀드리자면, 저희가 의심한 것은 엔진입니다. 증언에 공통적으로 엔진에서부터 불이 나고 연기가 나고 엔진이 떨리는 등의 증상이 발생했다고 되어 있었으니까요."

"그래서?"

"그래서 저희는 가장 먼저 엔진을 점검했습니다. 그리고 엔진 내부에서 톨벤과 신나 성분을 발견했습니다."

"톨벤과 신나?"

그게 무슨 뜻인지 모르는 사람들은 어리둥절한 표정이 되었다.

남자는 한숨을 푹 쉬며 서류를 넘겼다.

"쉽게 말해서, 차량 내부에 가짜 휘발유가 들어갔다는 것입니다."

톨벤과 신나는 가짜 휘발유를 만들 때 들어가는 성분이다.

당연히 차에는 좋은 물건이 아니다.

멀쩡한 엔진도 맛이 가게 만드는 물건이니까.

"가짜 휘발유? 장난해, 씨발? 우리가 무슨 거지새끼인 줄
알아?"

슈퍼카를 모는 사람들이 돈이 없어서 수억짜리 차에 가짜
휘발유를 넣겠는가?

"확실합니다. 화재가 발생하지 않은 차량에 남아 있는 기
름 탱크를 조사해 본 결과, 그 안에 가짜 휘발유가 들어 있는
것도 확인했습니다."

"뭐?"

"이게 1차 조사 보고서이기는 하지만, 사실 이 정도면 확
정적입니다."

가짜 휘발유가 예민한 슈퍼카의 엔진에 과부하를 불러온
것이다.

그리고 그로 인해 이 모든 사고가 터진 것이고.

"그런데 왜…… 준우 차만 불이 난 거야?"

"공기역학적으로 보면 선두에서 달리는 차가 저항을 더 많
이 받습니다. 당연히 엔진에도 무리가 더 많이 가죠. 그래서
그분 차에서만 화재가 발생한 겁니다. 다른 분이 앞서 달렸
다면 역시 그 선두에 서신 분의 차에서 화재가 발생했을 겁

니다."

다들 얼굴이 사색이 되었다.

그 말은 타 죽을 뻔한 게 자신일 수도 있었다는 소리가 아니가?

만일 노형진이 때맞춰서 도착하지 않았다면 진짜로 준우는 불에 타서 죽거나 심각한 화상을 입어서 인생이 박살이 났을 수도 있었다.

"어…… 어째서?"

"저 사람은 멀쩡했잖아?"

다들 고개를 돌려서 노형진을 바라보았다.

노형진의 차는 아무 일도 없이 완전히 멀쩡했으니까.

"들기로는 저분은 나중에 따로 도착하셨다더군요. 그분 차량에 들어 있던 기름은 일반적인 하이옥탄 휘발유였고요. 그러니 그분 차량은 멀쩡한 거죠."

거기까지 말한 남자는 조심스럽게 입을 열었다.

"혹시 말입니다, 여러분들 어딘가 다른 곳에서 한꺼번에 기름 넣은 적 있습니까?"

"한꺼번에?"

다들 서로를 바라보았다.

사실 물어볼 필요도 없다.

이들이 쓰는 곳은 단 한 곳뿐이고, 그날도 그곳에서 기름을 채우고 나왔으니까.

"이런 씨발 새끼!"

사람들 사이에서 노호성이 터져 나왔고, 노형진은 그런 그들의 모습에 속으로 미소를 지었다.

다 털어 주마

답은 정해져 있었다.

기름을 넣은 곳은 단 한 곳.

그곳에서 기름을 넣은 차만 문제가 생겼다.

비교 대상인 노형진의 차량은 그곳에 가지도 않았고 말이다.

당연히 부모님과 주변 사람들에게 전화를 했다. 당연히 엄청난 파도가 몰려왔다.

"열어!"

"잠깐만요! 이건 아니에요!"

"안 열어?"

단속 공무원은 얼굴이 시뻘게져서 소리를 질렀다.

하지만 주유소 직원은 어떻게 해서든 시간을 끌려고 했다.

"아니, 사장님이 오시면……."

"씨발! 사장이고 나발이고 당장 열라고!"

그들이 게거품을 물었다.

그럴 수밖에 없었다.

오늘 아침에 끌려가서 상관에게 거하게 욕을 먹었다.

아니, 욕만 먹은 게 아니다. 얼굴이 화끈거릴 정도로 싸대기도 얻어맞았다.

제대로 단속하지 않아서 일이 이 지경이 되었다고 말이다.

그렇다고 상관을 욕할 수도 없었다.

얼마나 쪼인트를 까였는지, 상관의 양 정강이는 시퍼런 색으로 멍이 들어 있었던 것이다.

상관이 자신의 바짓단을 들어 보였을 때, 그들은 분노로 얼굴이 붉어졌었다.

"안 열어? 어? 지금 영장이 엿 같아 보이지?"

"아니, 사장님이 오시면 열어 드린다니까요."

"오냐, 알았다. 들으셨죠?"

"들었습니다."

뒤에 있던 경찰은 주저하지 않고 수갑을 꺼내서 직원의 손에 채웠다.

"자…… 잠깐만요."

"공무집행방해죄로 체포하겠습니다."

"잠깐만요."

사장이 올 때까지 시간을 끌라는 말을 충실히 이행한 직원이 졸지에 전과범이 될 위기에 처했을 때, 드디어 뒤에서 기다리던 목소리가 들려왔다.

"지금 뭐 하는 짓들이야!"

"사장님!"

연락을 받고 다급하게 달려온 조종필은 공무원들의 얼굴을 보고 얼굴이 시뻘게졌다.

"너 이 새끼들 뭐야!"

"공무 집행 중입니다. 이거 여세요."

"허? 미친 새끼들! 너희들, 내가 누군지 알아?"

"알 게 뭡니까?"

"이 미친 새끼들 보게? 이 새끼들아! 우리 아빠가 누군지 알아!"

"알 게 뭐야, 이 새끼야!"

당한 게 있으니 공무원들도 언성을 높였다.

하지만 그다음 말에, 입이 헙 하고 막혔다.

"조석순이야! 국회의원 조석순! 알아! 너희들 따위 옷 벗기는 건 일도 아니야, 이 새끼들아!"

고래고래 소리를 지르는 조종필.

"일단 여세요, 영장 나왔으니까."

"이 새끼들이 증말!"

눈을 뒤집고 날뛰는 조종필.

하지만 영장이 나온 이상 방법이 없었다.

"오냐, 너희들 오늘 두고 보자. 열어 봐서 문제없으면 너희 새끼들 모조리 모가지야. 알았냐?"

이를 갈며 으르렁댄 조종필은 성큼성큼 앞으로 걸어가서 휘발유 저장소의 문을 열었다.

"열었다, 씨발 놈들아. 이 새끼들, 너희는 다 뒈졌어."

이를 박박 갈며 물러나는 조종필.

공무원들은 안으로 들어서면서 아차 싶었다.

열린 입구를 통해 흘러나오는 휘발유 특유의 기름 냄새.

"요즘 헛소리 지껄이는 놈이 있나 본데, 오냐, 두고 보자. 증거도 없는데 뭐, 가짜? 씨발, 나를 누구로 보고."

사실 가짜를 팔다가 두 번이나 걸려 놓고 그가 이토록 당당하다는 게 더 웃긴 일이지만, 문제는 증거였다.

"이거…… 진짜 맞는데요?"

휴대용 키트로 검사한 공무원은 당혹스러운 표정이 되었다.

가짜라고 확신했다. 심지어 차량에서도 가짜 휘발유가 나왔다.

그런데 여기 있는 건 진짜다.

"이 새끼가 어디서 장난질이야! 꺼져! 아빠한테 이야기해서 너희들 다 모가지 쳐 버릴 줄 알아! 죽은 줄 알라고!"

조종필은 당장 공무원들을 쫓아내려고 했다.

그리고 공무원들은 아무런 말도 못 했다.

이것이 법이다

아무리 열 받는다고 해도 의심일 뿐이고, 조종필의 뒤에 있는 조석순이 영 꺼림칙했기 때문이다.

"나이가 쉰이 다 되어 가는데 아빠라고 하는 건 좀 아니지 않습니까?"

순간 등 뒤에서 들리는 목소리.

조종필은 고개를 획 돌렸다.

"넌 뭐야, 이 새끼야!"

"저요? 노형진이라고 합니다. 아실 텐데요?"

노형진이 웃으면 말하자 조종필은 살짝 당황했다.

안다. 자신이 땅을 빼앗아야 하는 사람들 중 한 명이니까.

"나…… 나는 너 몰라."

"그래요? 난 아시는 줄 알았지요."

노형진은 당황하는 조종필을 바라보면서 빈정거렸다.

그리고 느긋하게 품에서 뭔가를 꺼내서 건넸다.

"노형진이라고 합니다. 이번 피해자들을 대신한 법정대리인입니다. 변호사죠. 전 아시는 줄 알았습니다. 연락을 받으신 줄 알았거든요."

자신이 놀림당했다는 사실을 깨닫고 얼굴이 붉어지는 조종필.

"그래서 뭐? 난 가짜 안 팔았어! 이거 봐 봐!"

뻔뻔하게 말하는 조종필을 보다가, 노형진은 슬쩍 고개를 들어서 기름통을 바라보았다.

가득 차 있는 휘발유.

맞다. 틀린 말은 아니다.

여기에 있는 것은 진짜다.

하지만…….

"그래요? 그러면 다른 걸 보죠."

"뭐? 경유? 그래, 까짓거 그것도 까 주마."

"아니요. 하이옥탄요."

"하이옥탄?"

노형진은 피식 웃었다.

슬쩍 넘어가려고 하는 걸 그가 모를 리 없다.

'내가 그걸 모르고 올 리도 없고 말이지.'

노형진은 가방에서 뭔가를 꺼냈다. 그건 다름 아닌 진술서였다.

"여기를 보시면 피해자들은 모두들 하이옥탄의 최고급 휘발유를 넣은 것으로 되어 있습니다. 그런데 여기 있는 건 일반 휘발유 아닌가요?"

"그……건……."

"검사를 하려면 제대로 해야지요. 어디에 있나요?"

똑같은 휘발유라고 해도 상품의 단가는 전혀 다르다. 그러니 따로 보관해야 한다.

비싼 것과 싼 걸 섞어서 보관할 수는 없으니까.

"아, 그랬지."

    노형진이 하는 말이 뭔지 알아차린 공무원들도 고개를 끄
덕거렸다.

    경유도 경유지만, 이번 사건에 들어간 기름은 최고급 휘발유.

    그러니 그걸 확인해야 한다.

    "그건⋯⋯."

    당혹하여 말을 잇지 못하는 조종필.

    "왜요? 보여 주지 못할 이유라도 있나요?"

    "헛소리! 따라와."

    그는 사람들을 데리고 뒤쪽으로 향했다. 그리고 당당하게
기름 탱크를 열었다.

    "봐 봐. 멀쩡하잖아."

    노형진은 그곳을 살펴보았다.

    아까 전에 봤던 기름 탱크보다 훨씬 작은 사이즈의 탱크가
눈에 들어왔다.

    아무래도 고급 휘발유는 찾는 사람이 많지 않으니 가지고
있는 양도 많지는 않은 듯했다.

    "어디서 수작질을 하려고 해? 개소리 같은 소리 하고 자빠
졌네."

    피식 웃는 조종필.

    노형진은 엎드려서 안쪽을 살피더니 갑자기 소리를 질렀다.

    "왁!"

    "뭐 하는 거야?"

"그냥, 뭐 좀 확인했죠."

"확인?"

"네. 끝이 안 보이니까요."

입구 안쪽에 있는 탱크는 완전히 어둠에 휩싸여 있어서 그 규모를 알 수가 없었다. 기름 탱크 안에 등을 설치할 수는 없으니까.

"그래서 뭐? 울리기만 하잖아?"

"네, 울릴 정도는 되네요. 그런데 이 정도면…… 옆 땅으로 넘어가는 거 아닙니까?"

"응?"

노형진은 일어나서 먼지를 툭툭 털었다. 그리고 옆에 있는 주차장을 바라보았다.

"아니, 크기로 봐서는 이거 아무리 봐도 옆에 주차장 부지를 침범하는데, 거기 주인이 뭐라 안 해요?"

"그…… 그게…….

"이만한 탱크를 넣으려면 주차장 주인의 허락도 받아야 했을 텐데, 용케 허락했네요?"

갑자기 사색이 되는 조종필.

공무원들은 다들 눈을 크게 떴다. 그건 전혀 생각하지 못한 부분이었기 때문이다.

"아니면, 주차장 주인이랑 아주 친하신가 봐요?"

"……."

이것이 법이다

말을 하지 못하는 조종필.

노형진은 씩 웃었다.

"아무래도 옆 주차장도 알아봐야겠네요."

"헛소리! 저기는 나랑 전혀 관련이 없어."

"관련이 없으니까 알아봐도 상관없지 않습니까?"

공무원들이 우르르 주차장으로 향했다.

주차장 주인, 아니 직원은 멀뚱하게 그런 그들을 바라봤다.

"이곳을 좀 살펴도 될까요?"

"네?"

"공무 때문에 그럽니다. 좀 봐도 될까요?"

직원은 당황하면서 주변을 살피다가 조종필이랑 눈이 딱 마주쳤다.

그리고 그 모습을 모두가 봤다.

"그건 좀……."

당황해서 엉거주춤 말하는 직원.

다들 눈을 찌푸리자 노형진이 앞으로 나섰다.

"확실한 겁니까?"

"그게 무슨 말이죠?"

"지금 무슨 일이 일어났는지는 아시죠? 슈퍼카 화재 사건."

"네."

언론에서 그렇게 떠드는데 모를 수는 없다.

노형진은 그가 안다 하자 천천히 그에게 말을 했다.

"어차피 여기에 뭐가 있는지는 압니다. 우리는 영장을 받을 거예요. 재벌집 외동아들이 불타 죽을 뻔한 사건인데 영장이 안 나올 리는 없죠. 안 그래요?"

"……."

대답하지 못하고 눈을 데굴데굴 굴리는 직원.

잔뜩 겁먹은 그의 눈을 보면서 노형진은 씩 웃었다.

'겁먹었다면 끝난 게임이지.'

길게 이야기할 이유는 없다. 하지만 확실하게 이야기하면 된다.

"영장이 나오면 여기에 있는 탱크는, 아니 정정해야겠네요. 여기에 탱크가 있다면 드러납니다. 그러면 여기서 문제가 뭐냐? 여기에 탱크가 있다는 걸 알면서도 속인 당신이 문제인 겁니다. 영장이 나올 때까지 그걸 파 갈 수는 없을 테니까. 당신은 그 사실을 알고도 은폐하려고 했지요. 사건의 공범 또는 종범이 되겠네요."

"종범요?"

"네, 종범요. 그 후에 만일 탱크가 나오면 어떻게 될까요? 지금 최소 손해배상 금액만 120억입니다. 현행법상 이쪽의 불법행위로 인해 손해를 입었다면 동급의 차량으로 대차를 해 줘야 하지요. 슈퍼카 동급이면 슈퍼카인데, 그걸 렌트 해 주는 곳이 있을까요? 운 좋게 있다고 해도, 그 비용이 싸지는 않을 겁니다. 아마 이것저것 다 하면 피해액은 한 200억

되지 않을까요?"

"허억!"

200억이라는 말에 직원은 사색이 되었다.

그는 대충 사정을 알고 있다는 정도일 뿐, 그렇게까지 일이 커질 줄은 몰랐던 것이다.

하지만 문제는 그다음이었다.

"당신은 종범입니다. 당연히 그 손해배상에 일부 책임을 져야 하지요. 10%만 책임진다고 해도 20억이네요. 돈 있으세요?"

"아이고, 그런 돈이 어디 있습니까! 제가 그런 돈이 있으면 여기 직원 하고 있겠습니까?"

"그래도 어쩔 수 없어요, 종범이니까. 아, 물론 그걸 갚는 건 일단 당신하고 당신 가족들이 잘 버텨 낸다는 전제하에 고민해야 할 문제겠지요. 자식이 산 채로 타 죽을 뻔한 부자들과 정치인, 재벌이 당최 무슨 짓을 할지……."

말을 흐리면서 고개를 흔드는 노형진.

직원은 잽싸게 관리실에서 나왔다. 그리고 직원들에게 손짓을 했다.

"들어오세요! 어서요! 저쪽에 있습니다."

"이런 미친! 이거 불법이야! 야! 이 새끼야! 이거 불법이라고!"

조종필은 당황해서 막으려고 했다.

하지만 이미 담당 공무원들은 들어가고 있었고, 직원은 감추기는커녕 열성적으로 어디에 의심스러운 뚜껑이 있다며 가르쳐 주고 있었다.

"불법은 아닙니다. 직원은 업무 중 사장을 대리하는 자이지요. 그리고 그는 대리하는 자로서 기업의 안전을 위해 수사관이나 조사관의 방문을 허락할 수 있습니다. 그건 명백하게 합법입니다."

불법적으로 얻은 증거는 증거로 쓸 수 없다.

하지만 노형진은 명백하게 직원의 출입 허가를 얻었고 그건 명백하게 합법적인 증거다.

"씨발! 야! 그만둬! 그만둬!"

조종필은 당황해서 소리를 질렀다.

하지만 이미 의심스러운 뚜껑을 여는 직원들.

교묘하게 가려진 뚜껑을 열자 그 안에서 신나 특유의 냄새가 풍겼다.

"와, 이거 빼박인데?"

공무원은 코를 막으며 말했다.

"ㅇㅇㅇ……."

조종필은 다리가 와들와들 떨려 왔다.

그때 누군가 휴대용 검사 키트를 꺼내서 살짝 검사하고는 고개를 흔들었다.

"가짜 맞네요."

"난 몰라! 이런 거 있는 줄도 몰랐다고!"

조종필은 억울하다는 듯 외쳤다.

몰랐다고 할 수도 있다. 이곳은 명백하게 남의 땅이다.

"주차장 주인이 몰래 가짜 휘발유를 판 거야! 그걸 왜 내가 책임져야 해! 그러면 도리어 내가 피해자 아냐? 이거 아빠한테 이야기할 거야!"

고래고래 소리를 지르는 조종필을 보고 노형진은 주변을 스윽 돌아봤다.

그리고 구석에 있는 네모난 콘크리트 더미를 발견했다.

"이게 뭐죠?"

뭔지 뻔하게 알고 있으면서 아무것도 모르는 척, 슬쩍 다가가 열어 보는 노형진.

"이거 펌프 같은데요?"

"펌프요?"

직원 중 한 명이 다급하게 와서 그걸 확인했다.

확실히 펌프다, 그것도 탱크와 연결되어 있는.

단속 경험이 많은 그는 바로 알아차렸다.

"야, 뒤져."

"네?"

"이 새끼, 펌프로 기름을 바꿔치기하고 있을 거야! 뭔가 조작 스위치 있을 거야! 뒤져! 어서!"

직원들은 분분히 흩어져서 사방을 뒤지기 시작했다. 그리고 몇몇은 등을 가지고 파이프라인을 살폈다.

"저기 있다!"

누군가 화단으로 보이는 곳을 파다가 소리를 질렀다.

그러자 담과 화단을 넘어서 오는 파이프라인, 거기로 다들 일제히 몰려갔다.

그리고 모두가 집중하는 사이에 누군가 뛰어오면서 손을 번쩍 들었다.

"찾았습니다!"

"어디서?"

"화장실 변기의 물통에 있었습니다."

변기에 내리기에는 너무 크고, 그렇다고 휴지통에 버리자니 가장 먼저 뒤질 곳인지라 누군가 다급하게 거기에다 감춘 모양이었다.

"이거 작동하겠어?"

"해 봐야지요."

다들 주유기로 다가왔고, 담당자는 말통에 주유하면서 버튼을 눌렀다.

잠시 후.

"욱!"

처음에 나오던 휘발유와는 다른 냄새가 올라왔다.

그곳에 점검 키트를 댄 남자는 고개를 끄덕거렸다.

"확실합니다. 가짜입니다."

모두의 시선이 일시에 쏠리자, 조종필은 털썩 주저앉았다.

"조종필 씨, 같이 가 주셔야겠습니다."

경찰은 그에게 팔짱을 끼었다.

"일단은 참고인입니다."

일단은 참고인.

하지만 100% 피의자로 바뀔 것이다.

"너희들, 내가 누군지 알아! 어! 우리 아빠가 너희를 어떻게 할 줄 아느냐고! 너희들 다 모가지야! 모가지!"

가지 않으려고 발악하는 조종필.

"그냥 가세요."

"꺼져! 이 새끼들아, 꺼지라고!"

팔짱을 낀 경찰을 뿌리치는 조종필.

경찰은 그런 그를 다시 잡으려고 했다.

하지만 그 순간, 퍽 소리와 함께 경찰의 얼굴이 반대쪽으로 돌아갔다.

"어디 더러운 새끼가 손을 대!"

"이 인간이 진짜!"

그걸 보고 발끈하는 사람들.

사실 그의 뒤에 누가 있는지는 안다.

하지만 그가 아무리 대단하다고 해도, 그보다 더 대단한 사람들이 빡친 상황이다.

그래도 좋은 게 좋은 거라고 조용히 데리고 가려고 했다. 그런데 결국 폭행까지 하다니.

"조종필! 널 공무 집행 방해와 폭행의 현행범으로 체포한다!"

"아악! 놔! 이 새끼들아!"

몸부림치는 조종필을 제압한 경찰은 그의 손에 강제로 수갑을 채우고 횡하니 달려갔다.

"휘유."

노형진은 달려가는 조종필을 보며 휘파람을 불었다.

"볼만하구먼."

그걸 보니 왠지 속이 시원해지는 느낌이었다.

⚖️

조종필은 바로 구속되었다.

"의외네. 바로 구속될 줄은 몰랐는데?"

손채림은 신기하다는 듯 말했다.

아버지가 국회의원인데 구속이라니.

"아무래도 사건이 사건이다 보니까."

가짜 기름을 팔다가 벌써 두 번이나 걸렸다.

이번에는 걸리지 않으려고 여러 수를 썼지만, 결국 걸렸다. 그것도 아주 호되게.

"자기 자식들이 불타 죽을 뻔했으니 그 사람들이 가만히 있겠어?"

아무리 국회의원이 대단하다고 해도, 그건 어디까지나 일반인 기준이다. 재벌을 기준으로 하면 결코 유리하지 않다.

그런데 이번에는 재벌이 아니라 재벌'들'과 싸워야 한다.

그러니 조종필의 아버지 조석순이라고 해도 결코 쉽지 않을 것이다.

"이번에는 실형이 나오겠지."

이미 조종필의 주유소 일곱 군데에 대해 모조리 점검이 들어갔다.

아니나 다를까, 일곱 군데 중에서 네 군데가 가짜 기름을 팔고 있었다.

나머지 세 군데는 착해서 팔지 않은 것이 아니라, 주변에 빌딩이 있어 다른 탱크를 설치할 수가 없어서였다.

"아마 지금쯤 조석순은 똥 씹은 얼굴일걸."

노형진은 커다란 건물을 보면서 피식 웃었다.

지금 노형진과 손채림은 조석순이 운영하는 국회의원 사무실에 와 있었다.

"여기에 있는 거 확실해?"

"그래, 이미 확인했어."

"왜 국회로 출석 안 하고?"

"해 봐야 뭐 할 건데?"

재벌들을 건드려서 그들이 죽이려고 하는 판국이니, 다른 국회의원들도 그를 공격했으면 공격했지 도와주지는 않을 것이다.

"그런데 왜 온 거야? 사실 이제 끝난 거 아냐?"

"끝난 건 아니지."

노형진은 어깨를 으쓱했다.

그렇게 쉽게 끝날 거라면 자신이 여기까지 올 리 없다.

애초에 그냥 쉽게 넘겨줄 생각도 없고.

"공식적으로는 조종필과 조석순이 가진 재산은 55억이거든."

"그런데?"

"그런데 그들이 사려고 했던 땅의 가격은 총 98억이란 말이지. 그렇다면 그 돈이 어디서 나왔을까? 왜 그들은 그렇게 자산이 많은데도 불구하고 무리해 가면서 가짜 기름까지 팔아야 했을까?"

"아……."

안 봐도 뻔하다.

가짜 기름을 팔아서 만든 비자금. 그걸 이용해서 노형진과 노문성의 땅을 노렸을 것이다.

"내가 움직이게 만들었으니 그 대가를 토해 내야지."

노형진은 천천히 안으로 들어갔다.

그리고 사무실 안으로 한 걸음 내딛는 순간, 안쪽에서 노호성이 터져 나왔다.

"이 씨발 새끼들아! 어떻게 해서든 자리를 만들어 보란 말이야! 내가 너희들을 위해 쓴 돈이 얼마인데!"

"의원님, 지금 상황에서는 만나 봐야 역효과입니다."

"역효과고 나발이고, 자리부터 만들어 보라고!"

보좌관에게 분노를 토해 내고 있는 조석순.

지금까지 난동을 부렸는지, 바닥에는 서류들이 잔뜩 흩어져 있었다.

"어, 저기…… 오늘은 손님 안 만나요."

여직원은 문을 열고 들어오는 노형진과 손채림을 보면서 조심스럽게 말했다.

"손님 아닙니다. 변호사입니다."

"변호사?"

"네. 피해자 측 변호사입니다."

노형진의 말에 눈을 찌푸리는 그녀.

"합의를 위해 왔습니다."

"하지만 지금은 때가 아닌 것 같은데요."

"기회는 지금뿐입니다. 만일 만남을 거절하시면 합의는 없습니다."

노형진이 단호하게 말하자 여직원은 어쩔 수 없다는 듯 입술을 깨물고 조심스럽게 안으로 들어갔다.

잠시 후 고개를 푹 숙인 여직원과, 얼굴이 붉어질 대로 붉어진 보좌관이 안에서 나왔다.

"기다리고 계십니다."

노형진은 손채림과 함께 조석순의 사무실로 들어갔다.

그리고 그곳에서 잔뜩 흥분한 조석순을 만났다.

"앉아."

좋은 말이 나올 수가 없을 그의 입장을 십분 이해하며, 노형진은 느긋하게 자리에 앉았다.

급하게 대충 정리했음에도 사무실은 개판이었다. 하긴, 자신의 상황을 모를 리 없으니까.

"노형진이라고 합니다. 이번 피해자들의 대표입니다."

"개새끼."

"왜 그러시는지?"

"……."

노형진은 씩 웃었다.

안다.

조종필은 나이가 마흔이 넘었는데도 아빠를 찾아 대는 인간이다. 그런 인간이 이 모든 일을 저질렀을 리 없다.

결국 그 배후에 조석순이 있다는 거니, 조석순은 노형진과 노문성의 이름을 알 수밖에 없다.

그들이 가지고 있는 땅을 노렸으니까.

"그래, 뭐라고 지껄이는지 들어 보자."

"저희는 원만한 합의를 원합니다."

"개소리! 고작 가짜 휘발유 판 것 갖고 처벌이 얼마나 나올 거라고 생각해? 어? 내가 그걸 가만둘 것 같아?"

노형진은 고개를 흔들었다.

"가만두지는 않지요. 하지만 다른 분들도 놔둘까요?"

"큭."

"저희는 적당히 합의하면 합의서를 써 드릴 생각입니다. 그러면 실형은 안 나올 겁니다. 물론 합의가 되지 않으면 저희 쪽 의뢰인들은 실형이 나오도록 최대한 노력하겠지요."

"씨발 새끼, 다 네놈 짓이지!"

조석순은 이를 박박 갈았다.

우연치고는 너무 공교롭다.

노형진이 현장에 있었고, 사람을 구했으며, 가짜 기름도 발견했다.

"글쎄요."

노형진은 능글맞게 웃었다.

"그건 모르겠습니다만."

"허, 이 새끼가."

조석순은 억울했지만 어쩔 수가 없었다.

지금 자신은 절체절명의 위기다.

당에서도 재벌들을 건드린 그를 지켜 줄 생각을 하지 않았다. 재벌들의 힘도 힘이지만, 그들이 주는 정치자금 역시 무척이나 중요하기 때문이다.

조석순이 아무리 힘 있는 정치인이라고 하지만, 그를 대체할 수 있는 사람은 얼마든지 있다.

"그래서 원하는 게 뭐야!"

"200억입니다."

"뭐?"

"파손된 차량을 전량 새로 구입하고, 그 과정에 필요한 모든 비용, 정신적 피해보상 및 위자료 등을 포함한 내역입니다."

"이런 미친 새끼가!"

발끈하는 조석순.

"그래도 많이 봐드린 겁니다. 최소 피해액만 120억입니다."

"나 그지야, 이 새끼야!"

"공식적으로는 그렇지요."

노형진의 말에 그는 눈을 꿈틀거렸다.

노형진은 의자에 깊숙이 기대앉으며 차갑게 말했다.

"하지만 공식적으로 거지면, 저와 제 아버지 땅은 어떻게 사려고 하셨나요? 설마 제가 여러분들에게 그냥 줄 거라 생각하셨나요?"

"끄응……."

노형진이 핵심을 치고 나오자 그는 입을 다물었다.

"200억을 주시든가, 아니면 진짜 거지가 되시든가요."

"말도 안 되는 개소리!"

"개소리 같나요?"

노형진은 씩 웃었다.

그리고 손채림을 바라보고 눈짓을 했다.

손채림은 고개를 끄덕거리더니 일어나서 문을 잠그고, 간이 탐지기를 이용해서 안쪽에 혹시나 녹음기나 몰래카메라가 있는지 확인했다.

"뭐 하는 거야?"

"공식적으로는 거지겠지만, 차명으로 사 둔 땅이 있을 텐데요?"

"뭐?"

"설마 제가 모를 거라 생각했습니까?"

"뭘 원하는 거야, 이 새끼야!"

그는 국토개발상임위원회에 무려 8년이나 있었다. 과연 땅을 빼앗으려 든 게 이번이 처음일까?

노형진은 결코 그렇게 생각하지 않았다.

"그 땅, 저한테 넘기십시오. 시가에 맞춰서 드리지요. 그거랑 서울에 있는 주유소 정리하고 나면 그래도 한 20억 남을 겁니다. 노후를 보내는 데에는 충분하죠."

"뭐라고! 이 개자식이!"

벌떡 일어나서 소리 지르는 조석순.

하지만 그는 이미 노형진의 함정에 빠진 후였다.

그것도 빠져나갈 수 없는 함정에.

"당신."

"당신?"

당신이라는 말에 조석순은 입을 쩍 벌렸다.

노형진은 그런 그를 보면서 피식 웃었다.

"그래, 당신. 당신 권력이 영원할 거라 생각해?"

"뭐, 뭣?"

"당신은 국회의원이지. 권력의 정점. 하지만 그건 반대로 말하면, 임기 끝나면 개털이라는 거야. 안 그래? 당신도 그걸 아니까 땅을 긁어모은 거 아니야?"

"이이이익……."

부정할 수 없는 사실이다.

국회의원은 권력을 가진 자리다. 그러나 반대로 말하면, 국회의원 임기가 끝나면 아무것도 아니라는 뜻이 된다.

"기존 의원들과의 친목? 재벌을 건드려서 태워 죽일 뻔한 당신과? 부하들의 충성? 과연 그럴 부하나 있어?"

"너, 너, 너……."

화가 나서 부들부들 떠는 조석순.

"당신은 조만간 개털 될 거야. 공천? 꿈도 꾸지 못하겠지. 뭐, 굳이 굳이 노력하면 무소속으로라도 나갈 수야 있겠지. 하지만 재벌들이 당신을 얌전히 놔둘까?"

"……."

부정할 수 없는 사실이다.

그들은 어떻게 해서든 그를 떨구려고 할 것이다.

"그건 나도 마찬가지지. 당신을 떨구려고 하는 건 불법이지만, 다른 사람이 당선되게 하는 것은 합법이거든."

"크읔."

충격이 심한 듯 가슴을 부여잡는 조석순.

하지만 노형진은 말을 멈추지 않았다.

그가 죽어도 그만이고 안 죽어도 그만이다. 애초에 그가 죽지도 않을 거라 생각했고 말이다.

"당신이 개털 된 걸, 난 당신에게 이름을 빌려준 사람들에게 알릴 거야. 그리고 그들에게서 그 땅을 사겠지. 나는 손해 볼 거 없어. 그들은 큰돈을 벌 테고, 당신은 거지가 될 테고."

노형진의 말이 계속될수록 조석순은 얼굴이 창백해졌다.

권력이 없는 자신을 위해, 이름을 빌려준 사람들이 충성을 바칠까?

"물론 당신이 자기 땅이라고 주장할 수도 있겠지. 하지만 그러면 무슨 일이 벌어질까? 일단 국회의원으로서 개발 정보를 이용해서 돈을 벌었으니 공무원법 위반이지. 거기에다 그 땅을 차명으로 살 때 들어간 돈은 결국 가짜 기름을 팔아서 번 돈 아냐? 그럼 그에 대해서도 조사가 들어갈 테고, 막대한 벌금과 형량이 붙겠지. 거기에다 세무조사와 그로 인한 어마어마한 세금은 별도고. 아, 불법 수익은 환수 대상인 거 알지?"

"크으으으......"

부정할 수 없는 미래에 조석순은 손이 하얘지도록 주먹을 쥐었다.

"당신에게는 지금 선택 가능한 길이 두 개 있어. 첫째는, 그나마 권력이 남아 있는 현 상황에서 그 땅을 나한테 파는

것. 그리고 그 돈과 재산을 합쳐서 재벌들에게 새삥으로 슈
퍼카 하나씩 헌납하고 그들의 분노를 진정시키는 것. 그러면
최소한 삶은 지킬 수 있겠지. 둘째는, 나와 대립하여 합의고
나발이고 끝까지 가서 전 재산 날리고 노후는 국가에서 주는
급식을 자식과 함께 먹으면서 보내는 것. 감옥에서 나왔을
때쯤에는 한 푼도 안 남았을 거야."

"개새끼."

조석순은 억울했다.

하지만 벗어날 수가 없었다. 어떤 식으로 발악한다 해도
말이다.

"나는 그 땅 명의자에게 사도 그만이야. 물론 설득을 해야
겠지. 그리고 그들을 안심시켜야 해. 당신이 그들을 손대지
못한다는 걸 내가 증명해야 하거든. 그러려면 난 당신을 사
력을 다해서 밟아야 할 거야. 재기하지 못하게 철저히 말이
야. 나와 재벌들이 그걸 못 할 것 같나? 응?"

"……."

"어떤 선택을 하든 당신 마음이야. 그리고 그 선택에 대한
책임만, 당신이 지면 되는 거야."

"……."

조석순은 고개를 숙였다.

그의 눈에는 절망만 가득했다.

"물론 당신이 그 땅을 다른 사람에게 팔고 그 돈을 줄 수

도 있지. 다만 그 명의자가 그걸 인정한다면 말이야. 명의자들도 알게 될 텐데, 당신 끈 떨어진 연 신세라는 거? 그리고 말이야, 당신이 그 땅을 다른 곳에 팔려고 한다는 걸 알면 내가 가만히 있을까? 미래의 나라면, 아마 검찰과 언론에 그걸 까발릴 것 같은데."

그러면 파는 것조차도 불가능하다.

조석순은 눈을 질끈 감았다.

화가 나고 열 받는다. 하지만 오랜 정치 경험이 말해 주고 있다, 이건 이길 수 없다고.

"뭘 원하나?"

"나는 깡패가 아니야. 말했다시피 그 땅, 내가 사지. 시가로 말이야. 당신은 그 돈과 주유소를 처분한 돈을 합해서 합의금을 내는 거고. 아까도 말했지만 20억 정도는 남을 거야. 나도 모르는 비공식적으로 가진 것까지 합하면 더 남을 수도 있고. 그 돈이면, 정치는 못 해도 지역구에서 방귀 좀 뀌고 살 수 있을 텐데?"

"……."

"완전한 파멸과 불안정한 생존 중 어떤 걸 선택하고 싶어?"

노형진이라고 나이가 훨씬 많은 국회의원에게 이렇게 반말을 해 대는 것이 편한 것은 아니었다.

하지만 압박할 때 확실하게 하지 않으면 나중에 곤란해지는 것은 자신이다.

"나는……."
조석순은 눈을 질끈 감았다.

—이번 아들의 범죄 사실에 대한 책임을 지고 국회의원직에서 사퇴하겠습니다. 국민 여러분께 걱정을 끼쳐 드려서 진심으로 죄송합니다.

뉴스에서는 조석순이 국회의원을 그만두는 장면이 나오고 있었다.

아무리 그가 버티고 싶어도 사방에서 공격을 해 대니 가능할 리 없었다.

"그래도 어떻게 목숨은 건져서 나가네."

손채림은 그런 그를 보면서 중얼거렸다.

그는 국회의원을 그만두고 배상해 주는 조건으로 아들에 대한 선처를 약속받았다.

사실 아들을 풀어 주려고 그런 게 아니라, 그거 말고는 돈을 지킬 방법이 없어서이기는 했지만 말이다.

정작 아들에 대한 선처는 일종의 보너스였다.

"야, 그나저나 그걸 그렇게 집어삼키냐?"

조석순이 8년간 정보를 빼돌려서 강제로 사서 모은 땅은 엄청나게 넓었다.

어떤 곳은 개발이 시작되기도 했지만 아직 그러지 않은 곳
도 있었다.

하여간 그는 시가대로 노형진에게 그 땅을 넘길 수밖에 없
었고, 거기에 주유소를 처분해서 합한 돈으로 재벌에게 합의
금을 주었다.

그에게는 다행히도 30억 정도 더 남기는 했다.

물론 공식적으로는 말이다.

"나도 수임료는 받아야 할 거 아냐. 재벌들을 우리 쪽으로
끌어들이려고 초저가 염가 수임했단 말이야."

그 말은 사실이다.

이왕 생긴 인맥이니 끈을 만들어 놓기 위해, 노형진은 같
은 동호회라는 점을 어필해서 거의 공짜로 일을 해 줬다.

물론 그들은 돈이 있으니 그럴 필요는 없지만, 미래를 보자
면 재벌 2세, 3세와 미리미리 친해져서 손해 볼 건 없으니까.

"그래도 그렇지, 도대체 얼마를 챙겨 먹은 거야?"

"음……."

노형진은 손가락을 두들겨 가면서 대략적으로 계산해 보
았다.

자신이 조석순에게서 넘겨받은 땅이 개발되고 그 후에 팔
경우 남을 금액은…….

"한 2천억 정도 남겠네."

"미친! 그게 수임료냐?"

"우리 가족의 정신적 피해에 대한 위자료와 찌그러진 문짝 수리비 포함."

"거참, 그 문짝 한번 비싸네."

손채림은 부럽다는 듯 피식하고 웃었다.

"우리 집 문짝이 좀 잘났어."

노형진은 그런 그녀를 말도 안 되는 농담으로 웃겼다.

"아주 그냥 돈을 갈퀴, 아니 트럭으로 쓸어 담네. 그거 도대체 뭐에 쓸 거냐?"

"글쎄."

노형진은 머리를 긁었다.

"아마 조만간 쓸 일이 있지 않을까?"

노형진은 그럴 때가 오고 있다는 것을 알고 있었다.

아이는 도구가 아니다

"레디, 악숀!"

감독의 말에 카메라가 돌아가고 연기자들은 카메라 앞에서 연기를 시작한다.

수십 명이 뛰어다니고 수백 명이 움직이는 촬영장.

그곳에서 노형진은 시계를 힐끗 확인하고는 손채림을 보며 물었다.

"여기서 의뢰인을 만나기로 한 거 맞아?"

"맞아."

"그런데 도대체 의뢰인이 누구기에 여기서 만나자고 한 거야? 더군다나 뜬금없이 여권을 가지고 오라니. 촬영장에 여권을 가지고 올 이유가 없잖아?"

"나도 모르지."

"진짜?"

"보안이라잖아, 보안."

"끄응."

노형진도 손채림도, 입맛만 다시면서 주변을 둘러볼 수밖에 없었다.

회사에서는 보안 때문에 의뢰인이 사무실로 올 수 없다며 노형진보고 직접 가서 만나 달라고 했다.

그건 어려운 일이 아니었기 때문에 오기는 했지만, 의뢰인이 누구인지 또 어떤 의뢰인지도 모르는 상태로 와서 마냥 기다리는 것은 마음에 들지 않았다.

"그나저나 감독 참 말버릇 이상하네."

"그러니까. 악숀이라니."

Action을 '악숀'이라고 발음하는 사람도 요즘 세상에는 참 드물 것이다.

"사투리가 심해요. 그래서 대중매체에 안 나가죠. 하지만 천만 관객을 뽑아낸 감독인 만큼, 실력은 있답니다."

그 순간 등 뒤에서 들리는 목소리에 고개를 돌려 보니 어떤 여자가 웃으면서 서 있었다.

"노형진 변호사님? 그리고 그쪽은 손채림 양?"

"아, 네. 노형진입니다. 그런데 의뢰인이신지요?"

이 촬영장에서 자신들에게 관심을 보인 것은 구경꾼을 쫓

아내던 FD뿐이었다.

그나마 사정을 말하자 방해하지 않는 조건으로 놔두고 있었지만.

"의뢰인은 아니고, 의뢰인의 관리인이라고 해야 하나요? 아니, 의뢰인의 의뢰인의 관리자라고 해야 하나?"

무슨 말인지 모를 소리를 하던 그녀는 어깨를 으쓱하며 손짓했다.

"일단은 가시죠."

"어딜요?"

"여권 가지고 오셨지요?"

"네? 아, 네. 그런데 여기서 여권 쓸 일이 뭐가 있다고……."

"갑시다, 중국."

노형진은 입을 쩍 벌렸다.

🔱

"도대체 왜?"

다른 것도 아니고 전용기를 탄다는 말에 손채림은 얼떨떨한 얼굴이 되었다.

"그…… 글쎄?"

촬영장에서 뜬금없이 공항으로 오더니 비행기, 그것도 전용기를 타고 중국에 가게 되다니.

"설마 의뢰인이 중국인일까?"

"아닐걸. 그럴 거면 중국으로 오라고 했겠지. 그리고 굳이 우리를 부르려고 전용기를 보낼 이유도 없고."

"으음……."

손채림은 고개를 갸웃하고는 전용기 안으로 들어갔다.

그리 큰 편은 아니었지만, 개인용 전용기인 만큼 상당한 가격을 자랑하는 것은 확실했다.

"어서 오세요."

그런데 그런 그들을 맞이한 것은 전혀 생각하지 못한 사람이었다.

"유소미 양?"

"헐? 유소미 씨? 알아? 알아? 헐! 헐!"

손채림은 노형진이 유소미를 알아보자 깜짝 놀랐다.

"어…… 응…… 알지. 새론에서 일했던 사람이야. 초창기 때 정보 팀이었지."

"뭐어?"

"네가 들어오기 전에 그만뒀으니까. 넌 잘 모르겠구나."

유소미. 과거 새론 정보 팀 소속 직원.

원래 연예인 지망생이었지만 잘되지 않아 새론의 정보 팀에서 활동하게 되었는데, 사건을 처리하면서 알게 된 연기 전문 엔터테인먼트에서 간곡히 읍소해서 데려갔다.

이것이법이다

지금은 국민 여신 소리를 들으며 활동하고 있다.

"그런데 전용기라니. 음…… 좀 당혹스럽네요."

"자세한 이야기는 가면서 해 드릴게요. 안녕하세요. 유소미입니다."

"아, 네……."

손채림은 신기한 듯 그녀를 바라보았다.

'천만 요정'이라 불리는 그녀를 여기서 보게 될 줄은 몰랐으니까.

"가면서 이야기할 시간 있으니까 어서 벨트 매. 두 분도 좌석에 앉아 주세요."

노형진과 손채림을 데리고 온 여자는 그들을 자리로 안내했고, 그 둘은 얼떨떨한 얼굴로 자리에 앉았다.

비행기는 지체하지 않고 하늘로 날아올랐다.

노형진은 묘한 표정으로 유소미를 바라보았다.

"성공한 건 알고 있었지만 전용기까지 있는 줄은 전혀 몰랐네요."

"제 건 아니에요. 중국에서 있는 행사 때문에 행사처에서 보내 준 거예요."

"헐."

하긴, 지금은 한류가 폭발적으로 일어나는 시점이다.

그러니 천만 요정이라 불리는 그녀의 몸값은 상상을 초월하리라.

"죄송해요. 가능하면 여기까지 오시게 하고 싶지는 않았는데."

"촬영장에 있었나 봐요?"

"네. 원래는 거기서 이야기할 수 있으면 하려고 했어요. 중국까지 같이 가게 되면 너무 죄송스럽기도 하고. 그런데 기자들이 너무 많아서……."

"하긴, 그렇지요."

노형진은 고개를 끄덕거렸다.

아마도 촬영 사이에 자신들과 이야기하는 게 목적이었을 테고, 중국까지 함께 가는 것은 최후의 수단이었을 것이다.

결국은 최후의 수단을 쓸 수밖에 없게 되었다는 거지만.

"그나저나 노 변호사님이 당혹스러워하는 건 처음 보네요."

"크흠……."

노형진은 왠지 머쓱한 생각에 슬쩍 시선을 돌렸고, 손채림은 옆에서 킥킥거렸다.

"그나저나 어서 이야기하죠. 중국으로 가는 비행시간이 길지는 않으니까요."

"네."

유소미는 고개를 끄덕거리고 이야기를 시작했다.

"사실은 제 문제가 아니라 저랑 같이 촬영하는 아역 문제 예요."

"아역?"

"네. 채영아라고, 아역이에요. 그런데 그 아이 상황이 너무 안 좋아서요."

"무슨 사건인지 모르겠지만, 이 경우는 그냥 부모에게 말하는 게 더 좋지 않을까요?"

"그 부모가 문제인데요?"

"그 부모가요?"

노형진은 고개를 갸웃했다.

부모가 문제라니? 그건 생각지도 못한 말이다.

"사실은 영아가 저랑 같은 소속사예요."

"원래 소속사가 아역을 데리고 있었나요? 작은 곳이었던 것 같은데, 벌써 그렇게 컸나요?"

"아뇨, 합병했죠. 지금은 HQ 소속이에요."

"아……."

노형진은 고개를 끄덕거렸다.

그가 연예계에 큰 힘을 가지고 있는 것은 사실이지만 그래서 더 거리를 두는 면도 있다. 그러니 인수 합병 문제는 잘 모른다.

"그런데 뭐가 문제죠?"

"지금 열네 살인데요, 부모가 아이를 버렸죠."

"버렸다?"

"네. 그렇게 보는 게 정확하겠네요."

노형진은 고개를 갸웃했다. 이해가 가지 않았기 때문이다.

부모가 버렸는데 어떻게 소속사가 있단 말인가?

"영아는 여덟 살 때 아역 데뷔를 했어요. 기억하실 거예요, 솜사탕 소녀라고."

"그게 뭔데요?"

"어? 진짜 몰라?"

모 광고에서 솜사탕을 사랑스럽게 먹는 모습으로 두각을 드러냈던 아이.

그래서 '솜사탕 소녀'라는 이름이 붙었다.

그리고 그 후에 여러 광고를 찍으면서 아역 중에서 톱으로 자라났다.

사람들은 하나같이 이대로만 자라면 한국 차세대 여신이 될 거라고 했다.

"그런데 돈 때문에 문제가 생겼죠."

"부모가 그 돈 때문에 싸운 거군요."

"어? 아세요?"

"잘은 모릅니다. 하지만 뻔하지요."

아이가 그렇게 잘나가면 벌어 오는 돈이 적지 않을 것이다.

아역이 어른들보다 훨씬 못 받는 것은 사실이지만, 반대로 연기력이 된다면 다른 아역에 비해서는 많은 돈을 받을 수 있다. 연기력이 되는 아역은 상당히 귀한 편이니까.

어른은 훨씬 이성적이기 때문에 연기를 노력으로 커버할 수 있지만, 즉흥적이고 감정적인 아이들의 연기는 재능의 영역이다.

"그런데 그런 아이들이 벌어 오는 돈 때문에 부모들이 싸우며 이혼하는 것은 흔하게 있는 일입니다. 미국의 모 영화배우가 그렇게 인생을 망쳤지요."

영화 두 편으로 어마어마한 돈을 만진 영화배우.

그 영화는 한국에서 국민 영화로 불리며 방송에서 10년이 넘게 틀어 줬다.

오죽하면 사람들이 명절에 그 영화배우를 만나지 않으면 이상하다는 소리를 할 정도였다.

"네, 정확하게 아시네요."

아이가 벌어 오는 돈이 많아지고 자신들이 쓸 돈도 많아지자, 부모들 사이가 멀어지기 시작했다.

"그게 왜 문제야? 어린 자식이 벌어 온 돈, 잘 모아 놨다 나중에 주면 되잖아?"

"뭐, 여러 가지 이유가 있지."

노형진은 뺨을 긁적거리며 말했다.

이런 문제가 생기면 불쌍해지는 것은 아이뿐이다.

"아역이 아무리 연기를 잘해도 말이야, 결국은 성인 연기자보다는 덜 벌 수밖에 없거든."

"그게 무슨 상관이야? 난 여전히 이해가 안 돼."

"사이가 좋고 아이를 챙기는 부모야 문제없는데, 사이가 안 좋고 그 돈을 쓰고 싶어 하는 부모라면 문제가 되지. 인간의 욕심은 끝이 없으니까."

아무리 잘나가는 아역 배우라도 수억, 수십억을 벌 수는 없다.

어린아이라는 특성상 출연할 수 있는 배역이 그다지 많지 않으니까.

"그래도 매년 몇천은 벌겠지. 아니면 억 정도도 가능은 할 테고."

그 나이대를 생각하면 상당한 돈이다.

하지만 인간의 욕심은 끝이 없다. 풍족하게 쓰려고 하면 한없이 소비할 수 있는 게 인간이다.

"한정된 돈. 그런데 부모의 사이는 안 좋지. 거기에다 아이를 사랑하지 않고 도구로 본다면, 답이 나오는 거지."

들어오는 돈은 빤한데 남자는 사업을 한다, 차를 산다, 골프를 친다 하면서 돈을 쓴다. 여자는 명품을 사고 비싼 음식을 사 먹고 친구들과 파티를 한다.

한정된 돈으로 이렇게 쓰다 보면 결국 누군가는 부족하다 느끼게 마련이다.

"역시 노 변호사님이셔. 제가 구구절절 말하지 않아도 한 번에 알아들으시네요."

유소미는 안도하는 표정이 되었다.

자세하게 설명하려면 시간이 모자랄 텐데 노형진은 결론만 듣고도 대략적인 상황을 알아차린 것이다.

"아이를 버렸다는 걸 보니 아무래도 이혼한 모양이군요."

"네."

결국 그 싸움으로 부부는 이혼했다.

양육권은 엄마가 가지고 갔고, 아이의 수익은 부부가 반씩 관리하기로 법원에서 결정을 내렸다.

"안 봐도 뻔하네."

노형진은 얼굴을 북북 문질렀다.

이미 돈맛을 본 부모는 씀씀이를 줄이지 못하고 미친 듯이 돈을 써 대면서 아이가 벌어 오는 족족 다 날리고 있을 것이다.

"하아."

노형진은 고개를 흔들었다.

"그래서 도와주고 싶은 마음이 드신 거군요."

"너무 불쌍해요."

열네 살. 이제 중학생.

하고 싶은 것도 많고 꾸미고 싶은 것도 많은 나이.

그런데 그런 아이가 가진 거라고는 지갑에 단돈 몇천 원이다. 버는 족족 부모들이 정산해 가고 있기 때문이다.

그나마 주변에서 안타깝게 생각해서 용돈을 좀 쥐여 주고 있어서 학교에서 쓰고 있기는 하지만······.

"통장은 개털이겠네."

안 봐도 뻔한 상황에 노형진은 고개를 흔들었다.

"그래서 노 변호사님이 혹시 도움을 주실 수 있을까 해서요. 제가 나서고 싶지만 저는 제삼자라서요. 거기에다 제 자리가 있어서…….”

“이해합니다.”

노형진은 고개를 끄덕거렸다.

그녀는 진짜 대스타다. 어디서 뭐 하나 사는 것도 카메라가 찍어 대는 판국에, 아이의 부모를 상대로 권리도 없이 소송 같은 걸 한다고 나서는 건 꿈도 꿀 수 없다.

“일단 제가 할 수 있는 건 용돈을 주는 정도뿐이에요. 그렇지만 그런다고 해서 미래가 바뀌는 건 아닐 테고 말이에요. 안 그래도 아이는 연기에 염증을 느끼고 있어요.”

“아이든 어른이든, 결국은 사람이니까요.”

연기를 좋아하고 재능도 있다. 그러니 미래가 창창한 아이고, 미래의 여신 소리를 들을 정도로 미모도 출중하다.

‘하지만 연기가 싫어질 수밖에 없겠지.’

연기를 하는 바람에 부모가 그 돈을 가지고 싸웠고, 결국 이혼했다.

아이 입장에서는 그 이유가 돈 때문이라고 생각하기 쉽다.

차마 자기 부모가 개떡 같은 인간이라고 생각할 수는 없으니, 엉뚱한 쪽으로 미움이 터지는 것이다.

“어머, 어떡해. 너무 불쌍하다.”

손채림은 안타까워하는 얼굴이 되었다.

재능도 있고 연기도 좋아하던 아이가 부모의 욕심 때문에 자신이 사랑하던 일을 싫어하게 되다니.

"웃긴 일이지. 정신적으로 애들만도 못한 인간들이 부모라고 애 인생을 박살 내고 있으니."

노형진은 한숨을 푹 쉬었다.

"그래서 그걸 해결해 달라고 하는 거군요."

"네. 부탁드려요. 제가 이야기는 해 놨어요. 아이도 혹시나 하고 변호사님 만나 보겠다고 했고요."

사랑을 받아야 할 나이에 부모와 소송을 해야 하는 아이.

노형진은 씁쓸한 미소를 떠올렸다.

"그래서 아이는 어디에 있습니까? 엄마가 양육권을 가지고 있으니 엄마와 같이 있나요?"

"그게……."

한숨을 푹 쉬는 유소미.

그러다가 고개를 절레절레 흔들었다.

"합숙소에 있어요."

"합숙소요?"

"네."

"아니, 왜요?"

"공식적으로는 연습생 생활을 하는 거죠. 연습생 생활을 하고 아이돌로 데뷔해서 연기와 가수 생활을 병행하는 게 목표예요. 다행히 저처럼 노래에는 영 재능이 없는 애도 아니라서."

"공식적?"

공식적이라는 말에 손채림은 눈을 찌푸렸다.

저놈의 '공식적'이라는 말이 붙으면 뒤가 어마어마하게 더러운 경우가 많기 때문이다.

"현실적으로는요?"

"여자가 집에 남자를 끌어들였어요. 그 남자가 영아한테 찝쩍거렸고요."

"미친 새끼!"

손채림은 경악을 금치 못했다.

노형진은 머리가 지끈거리는 것 같았다.

"그런데 엄마는 그 남자 편이군요."

"헉! 그것도 아세요?"

"당연한 거 아닙니까?"

엄마라는 인간이 멀쩡한 인간이라면 자기 딸에게 찝쩍거린 남자 친구를 놔둘 리 없다. 당연히 내쳐야 한다.

그런데 정작 채영아가 연습생이라는 신분으로 나와서 살고 있다.

"아마 자기 딸이 자기 남자 친구한테 꼬리 쳤다는 개소리를 지껄였겠지요."

"노 변호사님, 진짜 무당 아니죠?"

"아닙니다."

이런 더러운 사건은 종종 있다.

자기 딸이 꼬리를 쳤다는 개소리를 하면서 애인을 보호하려고 하는 여자들이, 진짜로 있다.

"그리고 당연히 아빠도 여자가 있을 테고."

"그건 어떻게 알아?"

"당연한 거 아냐? 아이가 그 꼴을 당하고 누굴 찾아갔겠어? 아빠 아냐? 고작 열네 살짜린데."

"그때는 열두 살이었어요."

"염병. 하여간 그래서 아빠한테 갔는데 아이를 안 받아 줬어. 그러면 답은 나온 거 아냐?"

엄마도 아빠도 채영아가 벌어 주고 있는 돈으로 먹고살며 각자 다른 사람과 붙어먹고 있다는 이야기다.

"이거 참……."

노형진은 입맛을 다셨다.

"확실하게 알겠습니다. 이건 제가 이야기해 보고 수임하도록 하죠. 대신에."

"대신에?"

"한국행 비행기 티켓은 유소미 양이 끊어 주시겠지요?"

유소미는 씩 웃었다.

"얼마든지요, 호호호."

⚖

중국에서 내리자마자 바로 한국으로 돌아오게 된 손채림

은 어이가 없었다.

고작 한 시간 대화하자고 전용기를 타고 움직이다니.

"채영아라는 그 아이도 불쌍하지만, 그다지 나쁜 소송을 하려고 하는 것도 아닌데 이 정도로 보안을 지켜야 하나?"

물론 좀 부담스러운 사건이기는 하지만 나쁜 일을 하려는 것도 아니다. 그러니 이렇게 보안을 따질 이유는 없어 보였다.

하지만 노형진은 생각이 좀 달랐다.

"두 가지 이유 때문에 그래."

"두 가지 이유?"

"그래. 먼저 사건에 대해 조사해 봐야겠지만, 지금까지 들은 정보만 놓고 보자면 부모 모두 제대로 된 인간들은 아니야."

"그렇지."

"만일 유소미가 나서서 소송을 한다면, 그들이 그냥 당할까, 아니면 돈을 뜯어낼 수 있는 기회라고 물어뜯으려 들을까?"

"아……."

당연히 유소미가 아이를 빼앗아 가서 돈을 착복하려고 한다는 식으로 언플을 할 거다.

"너도 일해 봐서 알 거야. 한국의 기자들? 그들은 진실에는 관심이 없어. 그냥 자극적인 소재만 찾지."

당연히 부모들의 말을 더욱더 자극적으로 고쳐서 내보낼 것이다.

졸지에 유소미는 어린아이의 돈을 빼앗으려고 하는 사람

이 될 테고.

"그녀는 천만 요정이라 불리고 있어. 움직임 하나하나가 다 돈이지. 그런데 그런 뉴스가 나가 봐. 얼마나 타격이 심하겠어?"

"하지만 나중에 진실은 알려지잖아?"

"나중에 이런 사실이 알려진다면 미담이지. 하지만 지금은 자극적인 지라시일 뿐이야. 그리고 너도 알겠지만, 나중에 진실이 알려진다고 해도 지금 본 손해를 보전해 줄 사람은 없어."

"그렇겠네."

지금 유소미를 둘러싸고 그런 소문이 돈다면 그 피해는 수백억 단위가 될 것이다. 당연히 그녀의 입장에서는 조심스러울 수밖에 없다.

"그러면 두 번째 이유도 마찬가지겠네."

"알 것 같아?"

"그래. 정보 팀에서 일했다면서? 사람들이 알면 좋게 보지는 않겠지."

"정확해."

새론의 정보 팀은 승리하기 위해 정보를 추적하고 사건을 돕는 역할을 한다.

하지만 어디까지나 기본적으로 흥신소의 기능을 하는 곳이다.

그리고 사람들은 흥신소라는 존재에 대해 그다지 좋지 않게 생각한다.

"아마 그게 드러난다면 불륜이나 쫓는 여자로 취급하겠지. 치명적인 타격이야."

설사 그녀가 그런 행동을 하지 않았다고 해도 언론은 그렇게 말할 것이다.

문제는 실제로 업무 중에 그런 업무가 없는 것도 아니라는 것.

"그래서 새론은 유소미가 나간 후에는 고의적으로 거리를 뒀지."

일한 기록은 지울 수가 없어서 어쩔 수 없지만, 최소한 정보 팀에서 일한 것은 감춰야 하니까.

"연예인도 쉬운 건 아니네."

"세상에 쉬운 건 없는 법이니까."

노형진은 비행기 차창 너머에서 흘러가는 구름을 보면서 중얼거렸다.

"그나저나 어떻게 할 거야?"

"뭘?"

"사건 말이야. 이거, 어려운 사건이야?"

"사건은 어렵지 않아."

"그래?"

"그래. 하지만 채영아가 어떤 선택을 하느냐에 따라서 달라지지."

노을 지는 붉은 하늘을 보며, 노형진은 한숨을 쉬며 말했다.

"그리고 아마…… 아이는 아이다운 선택을 하겠지."

그리고 그 때문에 사건의 난이도는 무척이나 높아질 것이 뻔했다.

⚖

채영아를 만나는 것은 어렵지 않았다.

안 그래도 소속사에서도 채영아 문제로 골치 아파 하고 있었기 때문이다.

"아이가 문제를 일으키나요?"

"그런 애였다면 우리가 이러지도 않아요."

전무라는 사람은 한숨을 푹 쉬면서 고개를 흔들었다.

"영아는 착하고 재능 있는 아역입니다. 노래도 잘하고 댄스 감각도 있고요. 배우 출신이라서 그런지 말도 잘해요. 거기에다 사회 경험이 많아서 그런가, 토크에도 능하고 에피소드도 많이 가지고 있지요."

"그런데요?"

"그래서 문제입니다. 영아는 큽니다. 클 수밖에 없는 아이예요. 하지만 지금 당장은 어린애잖습니까? 그런데 그 개 같은 연놈들이……. 아, 죄송합니다."

"괜찮습니다. 말씀하세요."

"그러면 편하게 말하겠습니다. 그 개 같은 연놈들의 욕심이 끝이 없으니까요."

만일 영아가 계속 이대로만 자라 준다면 크게 성공할 것이다. 문제는 재계약이다.

지금 14세인 채영아.

그런데 아이의 재계약 시점은 16세다.

2년 남았는데, 그때 법정대리인은 부모 두 사람이다.

"그놈들이 그때 가서 뭔 짓을 할지, 뻔하지 않습니까?"

인기도 있고 실력도 있는 영아이니, 아마도 돈 많이 주는 곳으로 빼돌리려고 할 것이다.

"우리가 지금 영아한테 돈을 쓰는 건 돈이 넘쳐서가 아닙니다. 영아가 가능성이 있으니까 쓰는 거예요."

"압니다. 엔터테인먼트가 그런 곳이죠."

하이 리스크 하이 리턴.

이 논리가 고스란히 적용되는 곳이 바로 엔터테인먼트다.

엄청난 돈이 들지만, 성공하면 수백억은 우습게 벌어들일 수 있으니까.

"우리도 남 좋으라고 하는 일이 아니란 말입니다. 그러니까 애매해요."

아이돌로 데뷔시키기 위해서는 슬슬 본격적으로 돈을 들여야 하는 시점이다.

지금이야 아역으로 연기만 하지만, 아이돌은 돈 먹는 하마다.

기본적으로 노래 연습, 댄스 교습, 거기에다 피부 관리에, 몸매 관리를 위해 트레이너를 붙여야 하고, 해외 진출에 대비해서 영어, 중국어, 일본어 교습을 시켜야 하며 토크를 대비해서 개그맨을 붙여 토크 연습까지 시키는 것이 지금의 엔터테인먼트 산업이다.

"돈만 쏟아부으면 확실하게 될 아이지만 역으로 털릴 가능성도 너무 높다 이거군요."

"네. 사실 거의 100%라고 보고 있습니다."

계약이 끝났다고 다른 소속사로 가 버리면. 이쪽은 돈만 날리고 개털이 되는 셈이다.

"그래서 위에서도 말이 많아요. 냉혹하다고 할 수도 있겠지만, 아이가 불쌍한 건 불쌍한 거고 비즈니스는 비즈니스니까요."

"으음……."

"뭐, 유소미 양한테 이야기 들으셨다고 하니까 사실대로 말씀드릴게요. 저도 그 아이가 불쌍해 죽겠어요. 저도 자식이 있는 입장에서 진짜, 어휴."

전무는 한숨을 쉬면서 고개를 흔들었다.

"사실대로 말씀드리면, 위에서는 방출 이야기까지 나왔습니다."

"방출요?"

"네."

이제 돈을 쏟아부어야 하는 시점이다. 그런데 털릴 게 거의 100% 확실하다.

그러면 그대로 놔둘 수는 없다.

당연히 위에서는 돈을 넣지 않는 쪽으로 결정할 것이다.

"문제는, 아이가 이제 아역으로 쓰기엔 너무 컸다는 겁니다."

물론 중학생급의 아역이 없는 건 아니다.

하지만 상대적으로 그 나이대의 아역 역할은 적다. 보통 아역은 초등학교 때 많이 하니까.

"고등학교 때부터는 괜찮아요. 아이돌이 되면 광고도 제법 들어오고요. 그런데 중학교 때는 애매하거든요. 아주 어린 아역으로 활동하기도 그렇고, 그렇다고 고등학생 역할을 시킬 수 있는 것도 아니고."

어린아이의 귀여운 느낌도, 여고생의 상큼한 느낌도 아닌 애매한 상황.

"쩝."

"그래서 차라리 방출하자는 이야기가 나왔습니다. 아직 제가 틀어막고는 있는데……."

"유소미 양은 그런 말 안 하던데요."

"소미가 그 애를 감싸고돌고 있으니까요. 지금 우리 회사에서 제일 갑은 유소미 양 아닙니까?"

혹시나 유소미의 심기를 건드릴까 봐 쉬쉬하고 있다는 소리였다.

"어찌 되었건 이 문제가 해결되지 않으면 조만간 방출될 겁니다."

결국 어떤 식으로든 해결을 해야 한다는 것이었다.

"일단 안으로 들어가세요. 기다리고 있을 겁니다."

HQ는 상당한 규모를 가진 회사다. 그래서 전용 건물이 있고, 그 건물의 맨 꼭대기에 연습생들의 숙소가 있었다.

"다른 연습생들은 모두 연습 시간이니까 혼자 있을 겁니다."

노형진은 고개를 끄덕거리고 손채림과 함께 들어갔다.

그러자 불안한 표정으로 소파에 혼자 앉아 있는 채영아를 발견할 수 있었다.

"안녕? 네가 채영아니?"

"네, 안녕하세요?"

"난 손채림이야. 이쪽은 노형진 변호사고."

"네……."

채영아는 조심스럽게 인사를 건넸다.

고작 열네 살짜리가 변호사를 만나는 것은 부담스러울 수밖에 없었기에, 이번에는 손채림이 이야기를 주도하기로 했다.

"유소미 씨한테 이야기 들었어. 그래서 우리가 너를 도와주러 온 거거든."

"네……."

"일단은 뭐 좀 먹을래?"

"네?"

"원래 여자들이 이야기를 나눌 때 가장 좋은 것은 먹는 거야."

그러면서 자신이 사 온 티라미수를 꺼내 드는 손채림.

"우리는 저기 주방에 가서 이거 먹고 있자고. 아저씨는, 음…… 알아서 하시고."

"헐."

"여자끼리 우애를 좀 쌓아 보자고."

노형진을 두고 후다닥 주방으로 들어가 버리는 두 사람.

노형진은 혀를 끌끌 차면서 주변을 둘러봤다.

"정신없구먼."

여자 연습생들만 사는 공간이다 보니 협소한 데다 정리도 안 되어 있었다.

그리고 여기저기 보이는…….

"어험…… 빨래 좀 자주 하지."

노형진은 슬쩍 시선을 돌리면서 떨어진 속옷들을 주워 빨래 바구니로 집어넣었다. 그리고 텔레비전을 보면서 시간을 보냈다.

그렇게 한참이 지나자 손채림이 고개를 빼꼼 내밀어서 그를 불렀다.

"들어와 봐. 이제 이야기할 준비가 된 것 같아."

"그래."

노형진은 자리에서 일어나서 부엌으로 들어갔다.

손채림은 채영아의 옆에 앉아서 그녀의 손을 잡아 줬다.

'좀 안정된 것 같군.'

두 사람이 이렇게 시간을 끈 것은 아무래도 채영아가 어리기 때문이다.

여자인 손채림이 같이 있다고 해도 결국은 성인이다. 그러니 거리감을 둘 수밖에 없다.

그래서 일단은 손채림이 채영아와 친해진 후, 옆에서 그의 감정을 조절해 주기로 한 것이다.

"노형진이라고 한단다. 영아지?"

"안녕하세요. 네……."

"사정은 들었단다."

채영아는 고개를 푹 숙였다.

아무리 열네 살이라고 해도 창피한 것은 창피한 것이니까.

"그렇게 창피해하지 않아도 된단다. 우리가 뭐라고 할 건 아니니까. 도리어 우리는 너를 도와주려는 건데, 뭘. 더 웃긴 사건도 있었어."

"어떤 사건요?"

"어떤 사건이 있었느냐면……."

노형진도 단도직입적으로 사건에 대해 이야기하기보다는 아이를 위해 최대한 친밀감을 키우는 방향으로 이야기하기로 했다.

그래서 자신의 경험 중에서 아이들이 신기해할 만한 사건을 이야기해 줬다.

"어머, 그런 일이 있었어요?"

"그래, 세상에는 별별 일이 다 있으니까."

노형진과 수다를 떠는 사이 어느 정도 얼굴에 긴장이 사라진 채영아.

노형진은 그런 그녀를 보며 조심스럽게 입을 열었다.

"그러면 네가 생각하는 일에 대해 이야기해 볼까?"

"그게……."

다시 얼굴이 딱딱해지는 채영아.

손채림은 그런 그녀의 손을 잡으면서 진정시켰다.

"괜찮아. 괜찮아."

그녀의 말에 조금 마음을 다잡은 채영아는 조심스럽게 입을 열었다.

"저는 다시 부모님과 함께 살고 싶어요."

'역시나.'

노형진은 입맛을 다셨다. 예상대로였기 때문이다.

'차라리 막장으로 가자고 하면 편하지.'

소송하고 관리 책임 묻고 돈 돌려 달라고 소송하고 깽판을 치는 거야 어렵지 않다.

그 부모라는 두 사람이 지금까지 어떤 짓거리를 했는지 증명하는 것은 어렵지 않으니까.

'문제는, 그건 어른일 때의 이야기지.'

자기 스스로 일어서고 스스로 삶을 책임지는 어른이라면,

그런 인간들과 연을 끊어 버리는 쪽을 선택할 것이다.

하지만 채영아는 고작 열네 살. 부모의 사랑을 갈구하는 나이.

그 나이대의 여자아이가 부모를 대상으로 그런 막장극을 벌일 가능성은 거의 없었다.

"왜 그러고 싶어?"

손채림도 그런 그녀에게 뭐라고 하지 않았다.

아이는 아이답게 대해야 한다.

"그냥…… 부모님이 보고 싶어요……. 내가 연기만 안 했어도…… 연기하겠다는 소리만 안 했어도…… 흑흑…….."

"쉬…… 괜찮아…… 괜찮아…….."

다독거리는 손채림.

결혼 이후부터 계속 막장은 아니었을 것이다.

채영아가 자라 오면서 분명히 가족이 모두 행복한 시기가 있었을 것이고, 그 기억이 이 아이가 움켜쥐고 있는 전부일 것이다.

"엄마랑 아빠랑…… 그냥…… 평범하게 살고 싶어요. 난 돈을 받아 내고 싶은 게 아니에요. 그냥 다시 한번 다 같이 손을 잡고 놀러 가고 싶어요."

"마지막으로 간 게 언제니?"

"초등학교 5학년 때요."

벌써 몇 년 전 일이다.

그리고 그게 지금까지 그녀가 버틸 수 있었던 가장 큰 이유였다.

"후우……."

노형진은 한숨을 쉬었다.

이건 그가 원하지 않는 방식이다. 그는 상대방을 영혼까지 털어 내는 타입이지, 굳이 화해를 시키지는 않는다.

'화해를 시켜 봐야 의미가 없거든.'

화해는 그냥 돈만 왔다 갔다 하는 것일 뿐, 마음의 상처까지 치료하는 것은 아니다.

그래서 노형진은 차라리 제대로 털어 버리고 위자료까지 받아 챙기는 방식을 선호한다.

그렇다 보니 이런 방식이 그에게는 더 어려웠다.

'화해할 상황도 아니잖아?'

화해라는 것도 어느 정도 서로가 서로를 인정하고 있을 때에나 가능하다.

'그런데 지금은 그것도 아니고.'

독하게 말하면, 지금 상황에서 그들은 자신들의 딸인 채영아를 그냥 일종의 현금 입출금기 수준으로 생각하고 있다.

그리고 설혹 잘못을 깨달았다 하더라도, 아랫사람한테 굳이 사과하려 들지는 않을 것이다.

"흑흑흑……."

채영아는 한번 쏟아지기 시작한 눈물을 멈추지 못했다.

아무리 강한 척해도 고작 열네 살이다.

수년간 부모의 사랑도 없이 살았던 아이가, 얼마나 그들의 품이 그립겠는가?

"알았다."

노형진은 고개를 끄덕거렸다.

그 말을 들은 손채림은 묘한 표정으로 노형진을 바라보았다.

그녀도 아는 것이다, 그들 사이를 되돌리는 게 얼마나 힘든 일인지.

"하지만 네가 약속해 줘야 할 게 있단다."

"뭐든 할게요. 그냥 가족들이랑 다시 돌아갈 수만 있다면, 진짜로 뭐든 할게요."

"지금 상황에서는 네가 약해지면 안 된다는 거야."

"네?"

"아직 너한테는 어려운 이야기일지도 모르겠지만 말이다, 네가 약한 모습을 보이면 도리어 화해가 어려워져."

"그러면 저는 어떻게 해야 해요?"

"너, 연기가 제일 좋다고 했지?"

"네. 전 연기가 제일 좋아요."

"그러면 너, 부모님 앞에서 연기할 수 있니?"

"네?"

눈물을 멈추고 노형진을 바라보는 채영아.

노형진은 그런 그녀를 보면서 조심스럽게 말했다.

"네가 연기를 얼마나 잘하느냐에 따라서 이 일의 성공과 실패가 결정될 거야."

  채영아는 입술을 깨물었다.

  "말 그대로 너의 인생을 건 연기야."

  채영아는 한참 침묵을 지켰다.

  그리고 마침내, 조심스럽게 고개를 끄덕거렸다.

이이제이라고 해야 하나?

"가관이구먼."

노형진은 일단 사건을 알아보기 위해 채영아가 지금까지 번 돈을 확인했다. 그리고 혀를 끌끌 찼다.

"3억 2천?"

"그래, 3억 2천. 그런데 땡전 한 푼 안 남았네."

아니나 다를까, 부모라는 작자들은 채영아의 계좌에서 진짜 먼지 한 톨까지 다 털어 갔다.

채영아가 주변에서 주는 용돈으로 살아간다는 건 결코 그냥 하는 말이 아니었다.

"진짜 화해시켜야 해?"

"그럼 어쩌겠어? 당연히 나도 이 새끼들 죽여 버리고 싶지만……."

부모 자격도 없는 쓰레기들이다.

하지만 지금 채영아는 절실하게 부모의 사랑을 갈구하고
있다.

"아마 채영아도 그들의 사랑을 갈구하는 시간은 짧을 거
야. 부모가 어떤 인간들인지 아니까 크게 기대는 하지 않겠
지. 하지만 그렇다 해도, 결국 부모라는 존재는 아이에게는
거대한 태양이나 마찬가지야."

즉, 그 기간이 아무리 짧다고 해도 부모를 그리워하는 것
은 어쩔 수 없다는 것이다.

"채영아가 제대로 활동하기 시작하면 아마 부모에 대한 의
존도는 줄어들 거야. 돈이 들어오면 상담 치료도 병행할 거
니까."

"중요한 건 지금이구나."

"그래."

자신이 사랑했던 연기에 혐오감을 느끼기 시작하는 상황
에서, 그냥 소송해서 돈만 받아 내는 것은 결코 좋은 선택이
아니다.

"무조건 의뢰인의 의견이 우선. 그게 변호사의 철칙이잖아."

"그건 그렇지."

손채림은 말을 하면서도 눈을 찌푸렸다.

도무지 답이 안 보이는 상황이니까.

"일단 지금이라도 당장 가서 상담 치료라도 받아 보라고 할까?"

"상담의 문제가 아닐 것 같은데. 애초에 이런 타입은 상담 치료를 받지도 않아."

"그런가?"

"정신과 의사가 병원을 개원했는데, 정작 치료받을 사람은 안 오고 그들에게 상처받은 사람만 오더라는 말이 그냥 있는 말이 아니야."

이들은 아마 자신들이 옳다고 생각할 것이다. 그래서 주변 사람들이 틀리다고 생각할 것이다.

"그러면 가장 좋은 건 뭐라고 생각해?"

"일단은……."

노형진은 턱을 스윽 문질렀다.

지금 자신이 해야 하는 일.

"의뢰인의 의견이 최선이지만, 또 의뢰인의 안전 역시 최선이지."

사실 이런 사람이라면, 의뢰인에게서 철저하게 격리하는 것이 정답이다.

'화해를 시켰다고 끝이 아니지.'

화해를 시키는 것은 좋다.

하지만 그런다고 해서 이들이 깊이 반성하고 채영아의 돈을 아끼면서 알뜰살뜰 살아갈까?

아니다. 한번 돈맛을 봤으니 더, 더 많이 뜯어내려고 할 것이다.

화해?

할 수도 있다.

채영아가 정말로 돈을 산더미처럼 벌기 시작하면, 그 돈이 탐나서라도 화해한 척 가면을 쓰고 온갖 가식을 떨 수 있을 것이다.

'영아는 모르겠지만.'

하지만 그 후는?

뻔하다.

채영아에게서 나오는 돈을 족족 빼먹을 테고, 그러다가 채영아의 인기가 떨어지면 버릴 것이다.

지금처럼.

"아마 나중이 되면 채영아에게는 한 푼도 안 남을걸."

"에이, 설마."

"설마가 아니야. 옛날 가수들 중에도 그런 경우가 많아."

수년 동안 활발하게 활동해서 상식적으로 빌딩 몇 채는 올릴 수 있는 돈이 있어야 함에도 불구하고, 나중에 알고 보니 땡전 한 푼 안 남고 심지어 빚만 남은 경우도 있다.

그래서 요즘 엔터테인먼트에서는 아예 자산 관리에 대해서까지 교육하는 실정이다.

"문제는 채영아는 그럴 나이가 아니라는 거지."

설사 가르친다고 해도, 결국 채영아는 아직은 부모의 사랑을 갈구하는 나이라는 것.

즉, 아무리 잘 배웠어도 부모가 달라고 하면 군소리 없이 자신이 번 모든 것을 다 내놓을 것이다.

"채영아는 부모를 잡기 위해 뭐든 한다고 했어. 그 소리는 부모만 잡을 수 있다면 자신이 버는 돈, 그 과정에 자신이 한 고생까지, 모든 걸 포기할 수 있다는 거지."

"씁쓸하네."

"어쩔 수 없지. 아직은 어린 나이잖아."

스무 살만 되어도 현실을 조금이나마 알고 자립하겠지만 지금은 불가능하다.

"그럼 가장 먼저 해야 하는 건, 그들의 권리를 무력화하는 거네?"

손채림은 번개같이 알아차렸다.

노형진은 고개를 끄덕거렸다.

"그들의 친권을 정지시키는 것부터 시작하자."

⚖️

"친권 정지요?"

HQ의 이사인 이우현은 노형진의 말에 심각한 얼굴이 되었다.

"지금 채영아 양은 미성년자입니다. 그러니 차라리 지금 부모의 친권을 정지시키는 것이 나을 겁니다."

"하지만 그게 쉽진 않을 텐데요."

이우현은 걱정스럽게 말했다.

현재 그의 팀이 아역들을 전담하고 있기 때문에 채영아는 그가 관리해야 하는 대상이다. 그러나 부모의 친권을 정지시킨다는 것은 상당한 월권으로 보일 수 있다.

"지금 채영아 상황이 어떤지는 압니다. 변호사님도 들으셨을 테고요. 하지만 우리가 그들을 대상으로 친권 정지 소송을 낼 수는 없습니다. 자격도 없고요."

"그래서 고민 중이지요."

친권을 정지시키는 것은 상당히 힘든 일이다.

'미국 같으면 이런 건 일도 아닐 텐데, 영 불편하네.'

미국은 이러한 사건이 벌어지면 일단 아이와 부모를 격리한다. 그리고 조사를 통해 친권의 정지 여부를 결정하고, 문제가 없다고 판단되면 그때 아이를 돌려준다.

그에 반해 한국은 부모가 아이를 패도, 재산을 빼앗아도, 심지어 아이를 강간해도 친권을 빼앗지 않는다.

실제로 아버지라는 작자가 딸을 강간했는데도 양육권 및 보호, 생존이 중요하다면서 아이를 다시 그에게 돌려보내는 경우도 흔하다 못해서 넘쳐 났다.

"저도 알고 있습니다. 하지만 이런 경우 검찰이나 지역의

장이 나서서 친권을 박탈해 달라는 소송을 해야 하는데요, 그걸 할 사람이 없어요."

일단 형사적으로 엮여 있는 것이 아니라서 검찰이 끼어들 이유는 없다.

지역의 장 같은 경우도, 이런 사건은 조심스럽게 접근할 수밖에 없다. 아이가 언론에 상당히 많이 노출된 상황이기 때문에 까딱 잘못되면 전부 뒤집어쓰게 되니 말이다.

"그러니까 저는 다른 것부터 먼저 노릴 겁니다."

"어떤 거죠?"

"돈이죠."

"돈?"

"그렇습니다."

"하지만 무슨 수로요?"

노형진의 말에 이우현은 고개를 갸웃했다.

어찌 되었건 간에 자신들은 제삼자다. 당연히 자신들이 해 줄 수 있는 것은 없었다.

"간단합니다. 여러분들이 받을 돈을 받아 내면 되는 겁니다."

"받을 돈이 어디 있다고요?"

받아 낼 돈은 없다. 그게 문제다.

"받아 낼 돈이 없다면, 그걸 만들어 내면 됩니다."

노형진은 씩 웃으면서 서류를 꺼내 들었다.

조용한 커피숍의 한구석.

커피를 앞에 두고 노형진은 조용히 차를 마시고 있었다.

그리고 그 앞에 있는 채영아의 엄마 홍수선은 손을 부들부들 떨고 있었다. 자신에게 청구된 금액이 무려 5천만 원이었던 것이다.

"아니, 장난해요? 이 돈이 어디에 있다는 거예요?"

"그건 저희가 알 바가 아니지요. 하지만 필요 경비를 주셔야 합니다."

"필요 경비라니요! 그쪽에서 데리고 있는 거잖아요! 그걸 왜 우리한테 달라고 해! 그쪽에서 데리고 간 거면 알아서 해야지!"

홍수선이 소리를 버럭 지르자 노형진은 눈을 찌푸렸다.

하지만 그럼에도 불구하고 홍수선은 말을 멈추지 않았다.

"도리어 우리가 벌어 준 돈이 얼만데! 그걸 내놔야지! 응? 사람이 말이야!"

아주 당당하게 돈을 더 내놓으라고 주장하는 홍수선을 보면서 노형진은 차갑게 말했다.

"계약서 있으십니까?"

"뭐?"

"계약서 말입니다."

"무슨 계약서?"

"우리한테 맡겼다는 계약서 말입니다."

"당신들이 연습생으로 데리고 있는 거 아냐!"

"그러니까 그 계약서 있느냐고요."

노형진은 날카롭게 공격했다.

홍수선은 잠깐 움찔했다.

그럴 수밖에 없는 게, 계약서라는 게 없으니까.

'있을 리 없지.'

홍수선은 남자 친구가 당시에 열두 살이었던 채영아에게 음심을 품자, 오히려 딸이 자기 남자 친구에게 꼬리를 친다면서 소속사에 던져두고 가 버렸다.

상식적으로 열두 살짜리가 남자에게, 그것도 엄마의 애인에게 꼬리를 칠 리 없다는 생각은 그녀의 머릿속에 없었던 것이다.

"저희가 연습생으로 받아 준다는 계약은 없었지요. 어머님께서 다짜고짜 아이를 거기에다 버리고 가셨을 뿐."

"그게 그거 아냐! 받아 줄 거라면서!"

그때만 해도 회사에서는 채영아를 연습생으로 받기 위해 적극적으로 노력했다.

물론 이런 일이 있을 줄 알았다면 안 받았겠지만.

"받아 줄 예정이었다 해도 계약서가 없다면 전혀 다른 문제가 됩니다."

노형진이 노린 것은 다름 아닌 계약의 여부.

연습생으로 받을 계획이야 있었다고 하지만 정식으로 계약한 것도 아니고, 다짜고짜 숙소에다가 버리고 간 게 그녀였다.

그리고 회사에서는 당황하면서도 어쩔 수 없이 받아 줬다.

고작 열두 살짜리를, 그것도 부모가 버리고 간 아이를 방치하기에는, 아무리 비즈니스라고 해도 차마 마음 아파서 그럴 수가 없었으니까.

"그게 벌써 2년 전입니다. 그리고 어머니께서는 매달 와서 정산을 받아 가면서 단 한 번도 비용을 주지 않으셨지요."

"뭔 개소리야?"

"연습생으로서 저희가 지원할 수 있는 것은 한정되어 있습니다. 정확하게는 신분이 명확해야 지원, 아니 투자를 하는 거죠. 하지만 채영아의 신분은 연습생이 아닙니다."

관련 계약도 없었다. 그리고 그런 계약을 하자고 할 때마다 홍수선은 나중에 한다는 말로 흐지부지 시간을 끌었다.

그러한 행동 때문에 회사에서는 적극적으로 아이돌로 밀어주지도 못했고 말이다.

"2년간 아이를 만나신 건 단 두 번이더군요. 그것도 정산 받으러 왔다가요."

"연습생으로 나가서 살겠다는데 뭘 어쩌라고!"

"그러니까 저희 쪽에서는 정당한 대우를 해 주겠다는 겁니다."

"계약했잖아! 그 계약으로 돈 많이 벌었으면서 어디서 구라질이야!"

"그건 연습생 계약이 아니라 아역에 관련된 계약이지요. 당연히 전혀 다른 계약입니다."

노형진은 천연덕스럽게 말했다.

틀린 말은 아니다. 현재 있는 것은 엄밀하게 말하면 아역 배우 관리 계약뿐이니까.

"다시 말해서, 계약조차 없는 상황에서 저희 쪽에서 채영아 양에게 제공한 숙식과 식비, 학비 그리고 용돈과 의류, 교통비, 핸드폰 비용 등등은 어머니께서 내주셔야 하는 게 맞습니다. 그리고 그 돈을 합하면 5천만 원입니다."

"이런 개 같은……."

홍수선은 어이가 없다는 듯 펄펄 뛰었다.

하지만 노형진의 말대로 계약도 하지 않고 그냥 거기에다 데려다 놓고 온 것은 그녀였다.

"내 참, 더러워서 진짜! 그래, 사인해 준다! 해 줘! 더러워서 진짜!"

사인을 해 주겠다며 볼펜을 찾으려고 하는 홍수선.

하지만 다음 말에 우뚝 멈춰 버렸다.

"우리는 계약하지 않을 겁니다만?"

"뭐?"

"퇴출시키기로 결정했습니다."

"아니, 그게 무슨……."

홍수선의 얼굴이 딱딱해졌다.

퇴출이라니, 이게 무슨 말도 안 되는 소리란 말인가?

노형진은 그녀의 얼굴을 보다가 느긋하게 커피를 한 모금 마셨다.

"물론 채영아 양에게 재능은 있어요. 하지만 어머니를 보면 아이의 미래는 뻔합니다. 그런 아이를 키우면 저희 입장에서는 손해거든요."

"손해라니? 손해라니!"

"이 바닥이, 재능만으로 그냥 되는 게 아닙니다."

운도 있어야 하지만 이미지도 중요하다.

그런데 지금 홍수선의 행동을 보면, 일이 터질 경우 이미지가 좋아질 수가 없다.

당연히 회사 입장에서는 상당한 부담을 가지고 있어야 한다.

"뭐라고?"

"그래서 회사에서 퇴출하기로 결정되었습니다."

"무슨 말도 안 되는 소리야!"

"어쩔 수 없습니다."

노형진은 어깨를 으쓱했다.

그리고 다시 한번 청구서에 시선을 보냈다.

"그래서 저희가 청구하는 겁니다. 더 이상 볼일이 없으니까."

"무슨 말도 안 되는 소리야!"

퇴출이라는 것은 전혀 다른 문제다.

노형진은 갑작스러운 상황을 받아들이지 못하고 눈동자가 격하게 흔들리고 있는 홍수선을 보면서 피식 웃었다.

'싸움은 선빵이지.'

현재 회사의 가장 큰 문제는 다름 아닌 재계약이다.

재능이 있지만, 키워 봐야 다른 곳과 계약할 가능성이 높으니까 애초에 안 키우겠다는 거다.

'하지만 선빵으로 하면 이야기가 달라지지, 후후후.'

애초에 이쪽에서 선빵으로 퇴출을 확정한다.

그런데 퇴출한다고 해서 바로 다른 곳으로 갈 수 있는 것은 아니다.

다른 곳에 가려고 해도, 아직 계약은 2년이 남았다.

즉, 2년 동안 아무것도 못 한다는 거다.

"2년간 아무런 일도 시키지 않을 겁니다. 당연히 연습도 시키지 않을 거구요. 물론 돈도 안 들어가겠지요."

"이런 미친……."

어찌할 바를 모르는 홍수선.

그럴 수밖에 없다.

그녀는 지금 놀고먹고 있다. 다름 아닌 채영아의 돈으로 말이다.

"야, 이 미친 새끼야!"

언성을 높이는 홍수선.

"너희가 이러고도 멀쩡할 줄 알아! 내가 다른 데 못 갈 줄 알아!"

"못 가실 겁니다. 이 바닥이 워낙 좁아서요."

어깨를 으쓱하는 노형진.

"채영아는 2년간 아무런 실적도 없이 그냥 시간만 때워야 할 겁니다. 그 후에, 계약요? 이 바닥 좁아요. 이쪽에서 이런 문제로 퇴출시켰다고 이야기하면, 과연 저쪽에서 그 사실을 알면서도 핵폭탄을 가지고 가려고 할까요? 재능요? 물론 무시할 수 없죠. 하지만 2년 동안 아무런 훈련도, 교습도 받지 않으면 온몸이 딱딱하게 굳을 겁니다. 저희가 이 바닥에서 퇴출시키기로 작정한 이상, 최소한 10년은 끌 수 있어요."

"뭐라고? 네놈이 뭔데!"

"아, 제 소개를 다시 해야겠네요. 엔터테인먼트조합의 노형진 고문 변호사입니다."

명함을 받아 든 홍수선의 얼굴이 딱딱해졌다.

그녀도 딸에게서 나오는 돈으로 먹고살고 있기 때문에 그 조합이 어떤 힘을 가지고 있는지 잘 알았다.

"10년을 끌면 채영아는 몇 살이죠? 스물네 살이군요. 걸 그룹? 데뷔하기는 좀 많이 늦었죠. 아니, 설사 운 좋게 계약한다고 해도, 10년간 쉬었으니 뭐든 한 2년은 공부해야 할 겁니다. 그러면 스물여섯 살. 걸 그룹으로 일찍부터 활동을 시작했다 해도 그때쯤이면 퇴물 취급받기 시작하는 나이입니다. 그런데 누가 그 아이를 받아 줄까요? 배우요? 그 애보다 더 오래 활동하고 더 예쁜 애들이 널리고 널렸을 텐데, 받아 줄까요? 스물여섯 살에 다시 시작하면? 단역으로 시작하겠죠. 설마 10년 만에 컴백한 사람이 대뜸 주연을 받을 거라 생각하는 건 아니죠? 단역으로 한 4년 구른 후에는 30대. 그때는 이미 성공하긴 글렀죠."

노형진은 느긋하게 차를 마시며 눈을 감았다.

그리고 조용히 향기를 즐기면서 한 모금 더 넘기고 잔을 내려놨다.

"그리고 아까도 말했지만, 최소 10년입니다."

노형진의 말에 홍수선은 부들부들 떨었다.

"자…… 잠깐만……요……. 이건 너무하잖아요."

아까는 갑질을 하면서 당장이라도 때려죽일 듯이 굴던 그녀도, 돈 이야기가 나오자 다급해졌다.

그럴 수밖에 없다.

몇 년째 딸이 벌어 온 돈으로 먹고살고 있다. 그리고 미래에도 그런 아이의 돈으로 떵떵거리며 살 수 있을 거라 생각했다.

그런데 퇴출이라니?

'전혀 예상하지 못하고 있다 선빵을 당하면 제법 아픈 법이지.'

물론 배우가 갑인 경우도 당연히 있다.

하지만 그건 그 배우가 재능이 있어서 갑인 것이 아니다. 그 배우가 돈이 되니까 갑인 것이다.

자본주의 세계에서, 오직 재능만으로 갑이 되는 경우는 절대로 없다.

"그러니까 이 돈 내놓으시고 아이 데려가세요."

"잠깐만요! 그건 아니에요!"

"아니긴 뭐가 아닙니까? 저희는 기회를 드렸습니다."

노형진은 통지하듯이 말을 마무리했다.

그러자 홍수선은 입술을 깨물었다. 아무래도 이렇게 당하기만 하는 게 억울한 모양이었다.

"자꾸 그러면 언론에 까발릴 겁니다."

"까발리다니요?"

"우리 아이 인생을 망치려고 덤빈다고, 다 까발릴 거라고요!"

그녀는 회심의 카드라도 꺼낸 듯 비장하게 외쳤다.

"그러세요."

"뭐…… 뭣?"

"그러시라고요. 소속사가 아이돌 계약하지 않는 게 큰 잘못도 아니고."

노형진은 어깨를 으쓱했다.

"아이돌 계약, 아니 연습생 계약은 재능을 보고 판단하는 겁니다. 저희 쪽에서 재능이 없다고 생각해서 계약하지 않겠다는 것뿐인데, 기자들이 그걸 기사화시킬까요?"

"방금 인생을 망치겠다고 했잖아!"

"증거 있어요?"

"뭐?"

"증거 있느냐고요."

"……."

계약 기간이 끝나면 추후 재계약하지 않겠다는 것뿐이다.

물론 다른 소속사에서 받지 않게 할 수도 있다. 하지만 그건 어둠의 경로에서 벌어지는 일일 뿐, 증거가 없는 이상 증명할 길은 없다.

'이미 녹음하는 건 아닌지 다 확인해 봤다.'

그녀에 대해 알고 있는 노형진은 그녀의 집에서부터 사람을 붙였다.

그리고 그녀가 어떠한 녹음기도 작동시키지 않았고 또 핸드폰을 녹음 상태로 두지도 않았다는 것을 확인했다.

"저희는 계약만 안 할 뿐입니다."

"이…… 이 돈은!"

"이 돈이야 법적으로 그쪽에서 물어내야 하는 돈이지 않습니까? 그걸 저희한테 뭐라고 하시면?"

어깨를 으쓱한 노형진. 그는 자리에서 일어났다.

"일단 저희는 통지를 드렸구요. 다음 주 중으로 주지 않으시면 소송을 통해 청구하겠습니다."

"잠깐만요! 변호사님, 잠깐만요!"

당황해서 허둥거리는 홍수선.

노형진은 그런 그녀를 무시하고 바깥으로 나와서 차에 타고 바로 그곳을 빠져나왔다.

아마 홍수선은 집에 가서 어쩔 줄 몰라 할 것이다. 그리고 다급하게 회사에 전화를 하겠지.

하지만 이미 회사에는 작전을 다 설명한 후다. 그들은 가차 없이 전화를 끊을 것이다.

"어디 보자……."

노형진은 시계를 흘낏 바라보았다.

"지금쯤이면 채림이가 그 인간을 만나고 있을 텐데."

손채림이라면 아마도 그 인간을 구워삶고도 남을 것이다.

사실 그 인간이 가진 욕심이면, 누가 가도 홀라당 넘어올 것이다.

"내일부터는 볼만하겠군, 후후후."

노형진은 씩 웃으면 차를 운전했다.

⚖️

같은 시각.

손채림은 그 인간, 그러니까 채영아의 아버지인 채운수를 만나고 있었다.

"뭐라고요?"

채운수는 손채림의 말에 정신이 혼미해졌다.

"채영아 양의 어머니인 홍수선 씨 때문에 채영아 양이 퇴출될 예정이랍니다."

"아니…… 이런 미친……."

전해 들은 이야기는 비슷했다.

채영아가 퇴출될 것이며, 그로 인해 돈을 벌지 못하게 되리라는 것 말이다.

당연히 그 돈으로 편하게 살면서 이 여자 저 여자 만나고 있던 채운수는 정신이 아득해지는 기분이었다.

"저희 쪽 변호사님이 그쪽에 최종 통지를 하러 갔어요."

"안 됩니다. 우리 딸이 얼마나 노력했는데, 그런 미친년 때문에 그렇게 퇴출될 수는 없습니다. 분명히 재능이 있다고 했잖습니까!"

"그건 그래요. 하지만 홍수선 씨가 무리한 요구를 한 것도 있고, 저희 쪽에 줘야 할 돈도 주지 않고 있어서요."

"돈요?"

"네."

"무슨 돈요?"

"양육비요."

"양육비?"

채운수는 어리둥절했다. 양육비라니.

물론 그도 채영아가 연습생 숙소에서 살고 있는 건 알고 있다. 하지만 양육비에 대해서는 전혀 알지 못했다.

'알 리가 있나, 관심도 없었는데.'

손채림은 눈앞의 남자에게 구역질이 났다.

딸을 세상 무엇보다 사랑하는 것처럼 굴고 있지만 결국은 돈만 보는 쓰레기라는 사실이 서글펐다.

"지난 2년간 들어간 모든 돈요."

똑같은 이야기를 하자 채운수의 얼굴도 어두워졌다.

무려 5천만 원이란다.

돈이 들어오는 족족 써 버린 두 사람에게 그런 돈이 있을 리 없다.

"그런 돈 없습니다."

혹시나 자신에게 달라고 할까 봐, 확실하게 선을 그어 버리는 채운수.

친딸보다 돈을 우선시하는 모습에 손채림은 당장 그 파렴치한 낯짝을 발로 차 버리고 싶었지만, 속으로 꾸욱 분노를 눌러 삼켰다.

"어차피 그동안 양육권은 홍수선 씨가 가지고 있었던 거니까 채운수 씨가 주실 필요는 없어요."

"그래요? 다행이네요."

"다만 유소미 씨가 안타까워서 제가 아버님께 따로 온 거예요. 재능이 넘치는데, 부모 때문에 아이 인생이 망가지는 건 좀 그렇잖아요."

"그건 그런데……."

재능도 재능이지만 이제는 돈이 들어오지 않는다는 사실이 더 두려운 채운수였다.

"그렇다고 해서 제가 뭘 어떻게 할 수 있는 것도 아니지 않습니까?"

"방법은 있어요."

"네?"

"퇴출 문제가 지금 홍수선 씨 때문에 생긴 거니까, 홍수선 씨를 빼 버리면 돼요."

"그게 무슨 말이죠?"

"지금 홍수선 씨가 채운수 씨보다 돈 더 받아 가지 않아요?"

"그렇지요."

부모가 똑같은 양육권을 가지고 있지만, 홍수선이 아이를 데리고 있기 때문에 더 많은 돈을 가지고 가는 것이 사실이다.

"그러니까 채운수 씨가 홍수선 씨의 양육권을 박탈시켜 버리는 거예요."

"양육권을?"

"네."

"어떻게요?"

"가능해요. 지금 홍수선 씨는 양육의 책임을 지지 않고 있으니까."

애초에 홍수선이 돈을 더 가지고 가는 이유는 아이의 양육비 때문이었다.

그런데 그 돈을 다 까먹고 남자 때문에 아이를 버렸으니, 이를 이용해 소송을 한다면 그 양육권을 박탈하고 다시 채운수가 채영아를 키울 수 있다.

"그러면 홍수선 씨가 가지고 가던 돈까지 다 가지고 오실 수 있을 거예요."

"그 돈을 전부요?"

"네. 거기에다가 퇴출도 막을 수 있을 테구요. 지금 퇴출이 결정된 가장 큰 이유는 홍수선 씨 때문이니까요."

채운수는 고개를 번쩍 들었다. 생각지도 못한 방법이었기 때문이다.

"그게 가능한가요?"

"가능해요. 저희 쪽에서는 그 여자가 채영아를 버리고 간 것이 유명한 일이니까."

"으음……."

채운수는 머리를 돌리기 시작했다. 그러더니 눈을 반짝거렸다.

손채림은 그런 채운수를 살살 꼬드겼다.

"퇴출만 막을 수 있다면 채영아 양은 충분히 뜰 수 있는 재목이에요. 아시잖아요. 아이돌로 한번 제대로 뜨면 수백억씩 벌 수 있어요. 그런데 그런 아이가 엄마 때문에 활동하지 못한다는 건, 너무 억울한 거 아니에요?"

"말도 안 되죠! 나는 애엄마라고 믿고 맡긴 건데, 그럴 줄은 몰랐네요."

말도 안 되는 소리다.

매번 자기 몫 받아 가는 데에만 눈이 벌겠던 인간이니까.

"그러니까 아이를 찾아오시라는 거예요. 그러면 충분히 채영아 양은 성공할 수 있어요."

"그래도 되는 겁니까? 그런데 소속 변호사님이 청구하는 거라고……."

"저희 쪽에 들어온 건 그냥 5천만 원을 받아 달라는 것뿐이에요. 퇴출은 내부적으로 결정된 건데, 유소미 씨가 채영아 양과 친하거든요. 그래서 그분이 개인적으로 부탁하셨어요. 재능 있는 아이인데 구해 줄 방법이 없겠느냐고."

"으음…… 그 말은?"

"소속사는 어찌 되었건 엄마인 홍수선 씨를 배제할 거라는 거죠. 그 후에 퇴출로 결정될지 아니면 다른 법정대리인이 나와서 재계약할지는 모를 일이지만."

채운수는 눈을 반짝거렸다.

그의 눈빛은 탐욕으로 넘치고 있었다.

'수백억이란 말이지.'

수십억짜리 차를 끌고 다니고, 강남에 아파트를 사고, 매달 해외여행을 다니는 그런 화려한 삶.

그걸 어쩌면 혼자서 다 해 먹을 수 있다는 희망.

"아빠 된 입장에서 아이의 인생을 망칠 수는 없겠네요. 제가 양육권 찾아오겠습니다. 그러니 퇴출만은 말아 주세요."

"알겠습니다. 기다려 드릴게요. 하지만 오래는 못 기다려요. 아시죠?"

"바로 소송 진행하겠습니다."

"그러면 그 소송은 저희가 대신 진행해 드릴게요. 최소액만 받고 해 드릴 테니 걱정하지 마세요, 호호호."

손채림은 내면의 비웃음을 감추고 상냥한 미소로 채운수를 바라보았다.

⚖

얼마 후, 손채림과 노형진은 소장을 들고 법원으로 향하고 있었다.

채운수가 홍수선에게 내는, 양육권 반환 청구 소송.

"결국 두 사람이 싸우게 되네."

"그래야지. 그래야 두 사람 다 잘라 낼 수 있어."

"그런데 말이야."

"응?"

"이거 정반대 아니야?"

채영아는 분명히 가족과 행복하게 지내고 싶다고 했다.

하지만 노형진의 선택은 도리어 두 사람이 싸우게 만드는 것이었다.

"어쩔 수 없어. 두 사람 다 권리가 있는 상황에서는 물러 나지 않을 거야. 둘 모두에게서 권리를 날려 버린 후에 그들 을 쥐고 흔들어야지."

"권리를 날려 버린다……."

힘든 일이다. 하지만 불가능한 것은 아닐 것이다.

"그리고 누가 갑인지 확실하게 못 박아 주는 거지."

노형진은 손에 들려 있는 소장을 보면서 눈을 찌푸렸다.

"그 결과가 비록 가짜라고 해도 말이지."

"휴우."

손채림은 한숨을 쉬었다.

"가짜라……."

"때로는 다 알면서도 가짜를 선택할 수밖에 없어."

그리고 그 가짜를 만들기 위해 노형진은 노력할 것이다.

"그게 의뢰인을 위한 거니까."

노형진은 법원 안으로 천천히 발걸음을 옮겼다.

다음 권으로 이어집니다

200평 초대형 24시 만화방

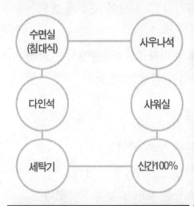

- 수면실 (침대식)
- 사우나석
- 다인석
- 샤워실
- 세탁기
- 신간100%

📖 수원 인계동점

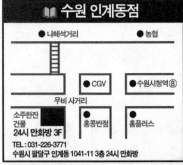

- 나혜석거리
- 농협
- CGV
- 수원시청역⑧
- 무비 사거리
- 소주한잔 건물 24시 만화방 3F
- 홍콩반점
- 홈플러스

TEL : 031-226-3771
수원시 팔달구 인계동 1041-11 3층 24시 만화방

📖 의정부점

- 의정부역 ④ ⑤
- 흥선지하도
- ◀서울방향
- 진성약국
- 던킨도넛츠
- 24시 만화방 3F

TEL : 031-856-3971
경기도 의정부시 의정부동 197-13 3층

📖 주안점

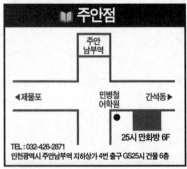

- 주안 남부역
- ◀제물포
- 민병철 어학원
- 간석동▶
- 25시 만화방 6F

TEL : 032-426-2871
인천광역시 주안남부역 지하상가 4번 출구 GS25시 건물 6층

📖 안양점

- 안양역
- 육교
- ◀관악역
- 명학역▶
- 농협
- 24시 만화방 2F 안양일번가

TEL : 031-466-3771
경기도 안양시 안양동 674-163 조이당구장건물 2층

15만 번의 챌린저

예정후 퓨전 판타지 장편소설

천문학적 경험치의 전무후무 챌린저
또다시 미궁으로 뛰어들다!

미궁 최하층에 도달하면 소원을 이룰 수 있다!
지폐 한 장으로 시작한 악마와의 계약
이룰 수 없는 단 하나의 소원을 위해 미궁에 발을 내딛다
하지만 단 1층을 남겨 두고 좌절된 꿈

> 챌린저 '최제오' 님.
> 귀하와의 계약이 아래의 사유로 종료되었음을 알려 드립니다.
> 사유 : 귀하의 파산

기적처럼 주어진 마지막 기회
15만 번의 경험치를 가진 최강의 도전자가 되어
미궁을 돌파해 나간다

그런데…… 내 소원이 뭐였지?